Luz sobre o caminho e O karma

Transcritos por
Mabel Collins
com notas e comentários

TRADUÇÃO
Fernando Pessoa

AJNA

LUZ SOBRE O CAMINHO   7
Primeira parte   9
Segunda parte   23

COMENTÁRIOS
I.   Antes que os olhos possam ver, devem ser incapazes de lágrimas   35
II. Antes que o ouvido possa ouvir, deve ter perdido a sua sensibilidade   49
III. Antes que a voz possa falar na presença dos Mestres   64
IV. Antes que a voz possa falar na presença dos Mestres, deve ter perdido o poder de ferir   71
V.   Antes que alma possa estar de pé na presença dos Mestres, os seus pés devem ser banhados no sangue do coração   80

O KARMA   83
Posfácio   91

Luz sobre o caminho

PRIMEIRA PARTE

Estas regras são escritas para todos os discípulos: escute-as bem. Antes que os olhos possam ver, devem estar incapazes de lágrimas. Antes que os ouvidos possam ouvir, devem ter perdido a sua sensibilidade. Antes que a voz possa falar na presença dos Mestres, deve ter perdido o poder de ferir. Antes que a alma possa estar de pé na presença dos Mestres, os seus pés devem ser banhados no sangue do coração.

1
Extermine a ambição.

NOTA — A ambição é a primeira coisa maldita, a grande tentadora do ser humano que se ergue acima dos seus semelhantes. É a forma mais simples de buscar uma recompensa. Há indivíduos inteligentes e fortes que por ela são continuamente desviados das suas possibilidades superiores. Ela é, porém, uma mestra indispensável. Os seus resultados tornam-se pó e cinza no paladar; como a morte e o isolamento, ela acaba por mostrar ao homem que trabalhar para si é trabalhar para a desilusão. Mas, ainda que esta primeira regra pareça tão fácil e simples, não passe por ela apressadamente. Porque esses vícios do ser humano comum passam por uma transformação sutil e reaparecem, já com outro aspecto, no coração do discípulo. É fácil dizer: "Não vou ser ambicioso"; mas já não é tão fácil dizer: "Quando o Mestre ler o meu coração, verá que ele está de todo puro". O puro artista que trabalha por amor à sua obra está por vezes mais seguramente no bom caminho que o ocultista que julga que deixou de ter a sua própria pessoa por centro do seu interesse, quando apenas alargou os limites da experiência e do desejo, transferindo o seu interesse para as coisas que dizem respeito ao seu maior âmbito de vida. O mesmo princípio se aplica às duas regras seguintes, aparentemente tão simples também. Leia-as e medite-as, e não se deixe facilmente enganar pelo seu coração. Porque agora, no limiar, pode corrigir-se um erro. Leve-o, porém, com você, e ele crescerá, frutificará, e terá de sofrer amargamente com a sua destruição.

2
Extermine o desejo de viver.

3
Extermine o desejo de conforto.

4

Trabalhe como trabalham os ambiciosos.

Respeite a vida como fazem os que a desejam.

Seja feliz como aqueles que vivem para a felicidade.

Procure no coração a origem do mal e elimine-o. Ele vive e desenvolve-se tanto no coração do discípulo dedicado como no do homem de desejo. Só o forte pode matá-lo. O fraco tem de esperar que cresça, que frutifique, que morra. É planta que vive e cresce através das eras. Floresce quando a pessoa acumulou em si inúmeras existências. Aquele que quer entrar para o caminho do poder deve arrancar esta coisa de dentro do seu coração. E então o coração sangrará, e parecerá que se dissolve toda a vida humana. Esta prova tem de ser atravessada: pode vir no primeiro degrau da escada perigosa que conduz ao caminho da vida; pode não chegar senão no último. Mas, ó discípulo, não esqueça que a tem de atravessar; concentre por isso sobre essa tarefa todas as energias da sua alma. Não viva no presente, nem no futuro, mas no Eterno. Este grande arbusto não pode florescer ali; esta mancha na existência é apagada pela própria atmosfera do pensamento eterno.

5

Extermine todo o sentimento de separação.

NOTA — Não cuide que você pode se pôr à parte do indivíduo mau ou do insensato. Eles são você mesmo, ainda que em menor grau do que o é o seu amigo ou o seu Mestre. Mas se deixar que dentro de si cresça a ideia da sua separação de qualquer má pessoa ou coisa, com isso cria-se um Karma que o atará a essa pessoa ou coisa até que a sua alma reconheça que ela não pode ser isolada. Lembre-se sempre de que o pecado e a vergonha do mundo são o seu pecado e a sua vergonha; porque você é parte dele, e o seu Karma está, portanto, inextrincavelmente confundido com o grande Karma. E antes que possa obter o conhecimento você deve ter passado por todos os lugares, impuros como puros. Lembre-se, pois, de que a veste impura que lhe repugna tocar talvez ontem tivesse sido a sua, talvez venha a ser a sua amanhã. E se você se afasta dela com horror, tanto mais de perto ela o cobrirá quando cair sobre os seus ombros. O homem soberbo da sua virtude constrói para si um leito de lama. Abstenha-se porque a abstenção é o bem, e não para ser puro.

6
Extermine o desejo da sensação.

7
Extermine a fome de crescer.

8
Fique, porém, sozinho e isolado, pois nada que tem um corpo, nada que tem consciência da separação, nada que esteja fora do Eterno, pode auxiliá-lo. Aprenda com a sensação e analise-a, porque só assim você pode começar a ciência do conhecimento de si próprio, e colocar o seu pé no primeiro degrau da escada. Cresça como a flor cresce, inconscientemente, mas sempre ansiando por abrir ao ar a sua alma. Assim você deve se adiantar a abrir a sua alma ao Eterno. Mas deve ser o Eterno a fazer-lhe aumentar a força e a beleza, e não o seu desejo de crescer. Porque, num dos casos, desenvolve-se na exuberância da pureza; no outro, endurece-se pela paixão forte que se tem pela estatura pessoal.

9
Deseje apenas o que está dentro de você.

10
Deseje apenas o que está além de você.

11
Deseje apenas o que é inatingível.

12
Porque é dentro de você que está a luz do mundo — a única luz que pode ser derramada sobre o caminho.

Se não a pode ver dentro de si, é inútil que a procure em outra parte qualquer. Está além de você, porque, quando lá chega, você se perdeu. É inatingível porque recua sempre. Você entrará para a luz, mas nunca tocará na Chama.

13
Deseje o poder ardentemente.

14
Deseje a paz fervorosamente.

15
Deseje bens acima de tudo.

16
Mas esses bens devem pertencer apenas à alma pura, e ser por isso possuídos por todas as almas puras igualmente, sendo assim propriedade especial do todo apenas quando unido. Tenha fome daqueles bens que a alma pura pode possuir, para que possa juntar riqueza para aquele espírito unido da vida que é o seu único ser verdadeiro. A paz que se deve desejar é aquela paz sagrada que nada pode perturbar, e onde a alma medra como a flor sagrada nas lagoas silenciosas. E aquele poder que o discípulo deve cobiçar é o que o fará parecer como nulo aos olhos dos homens.

17
Procure bem o caminho.

NOTA — Estas quatro palavras parecerão, talvez, fracas demais para assim, de *per si*, constituírem uma regra. Dirá o discípulo: "Então eu estudaria estes pensamentos se não procurasse bem o caminho?" Não passe adiante, porém, com demasiada pressa. Pare e medite um momento. O que você deseja é o caminho, ou há nas suas visões uma vaga perspectiva de grandes alturas que deve escalar, de um grande futuro que deve conseguir? Tome cuidado. O caminho deve ser procurado por amor a ele e não aos seus pés que deverão trilhá-lo.

Há uma correspondência entre esta regra e a décima sétima da segunda série. Quando, após horas de luta e muitas vitórias, for ganha a batalha final, e exigido o final segredo, então você está preparado para um caminho posterior. Quando lhe for dito o último segredo desta grande lição, nele estará revelado o mistério da nova senda — caminho esse que leva para longe de toda a experiência humana, e que está de todo para além da percepção ou da imaginação humana. Em cada um destes pontos é preciso que se demore muito tempo, meditando bem. Em cada um destes pontos é preciso que se esteja certo de que o caminho é escolhido por ele só. A senda e a verdade estão primeiro; a vida vem depois.

18
Procure o caminho retirando-se para dentro.

19
Procure o caminho avançando ousadamente para fora.

20
Não o procure por uma só estrada qualquer. Para cada temperamento há uma estrada que parece a mais desejável. Mas o caminho não é encontrado só pela devoção, só pela contemplação religiosa, pelo progresso ardente, pelo trabalho dedicado, pela observação escrupulosa da vida. Nenhuma destas, só por si, pode fazer o discípulo avançar mais do que um degrau. Todos os degraus são necessários para completar a escada. Os vícios dos homens tornam-se degraus na escada, um a um, à medida que se avança para além deles. As virtudes dos seres humanos são deveras degraus, necessários — de modo algum dispensáveis. Mas, conquanto criem uma boa atmosfera e um futuro feliz, são inúteis se estão isolados. Toda a natureza humana deve ser utilizada sabiamente por aquele que deseja entrar para o caminho. Cada indivíduo é para si próprio, em absoluto, o caminho, a verdade e a vida. Mas o é apenas quando firmemente toma posse da sua individualidade e pela força da sua vontade espiritual desperta reconhece

essa individualidade como sendo, não o seu próprio ser, mas aquela coisa que com dor criou para seu uso e por meio da qual se propõe, à medida que o seu progresso se reflete na sua inteligência, atingir a vida além da individualidade. Quando ele conhece que para isso existe a sua estranha vida complexa e separada, então, e só então, ele está no caminho. Procure-o aprofundando os abismos misteriosos e gloriosos do seu próprio ser mais íntimo. Procure-o pondo à prova toda a experiência, utilizando os sentidos para compreender o crescimento e a significação da individualidade, e a beleza e obscuridade desses outros fragmentos divinos que lutam a seu lado, e constituem a raça a que você pertence. Procure-o pelo estudo das leis do ser, das leis da natureza, das leis do sobrenatural; e procure-o pela profunda genuflexão da alma à pálida estrela que brilha dentro de você. Pouco a pouco, à medida que vela e adora, a sua luz se tornará mais forte. Então poderá saber que achou o princípio do caminho. E quando lhe tiver encontrado o fim, a sua luz subitamente se tornará a luz infinita.

NOTA — Procure-o pondo à prova toda a experiência; e lembre-se de que, quando digo isso, não digo: "Ceda às seduções dos sentidos para os conhecer". Antes de se tornar um ocultista, poderá fazê-lo; mas não depois. Quando já escolheu o Caminho e para ele entrou, você não pode ceder sem vergonha a essas seduções. Mas pode senti-las sem horror: pode pesá-las, observá-las e medi-las, e aguardar, com a paciência da confiança, a hora quando elas já não o afetam. (Isto é: se estas seduções se sentem, devem ser calmamente analisadas, impessoalmente apreciadas, para que a lição que elas trazem seja aprendida. Mas ceder a elas é vergonhoso. — M. C.). Não condene, porém, o que a elas cede; estenda-lhe, em auxílio, a mão, como a um companheiro de viagem cujos pés estão pesados de lama. Lembre-se, ó discípulo, que, por grande que seja o abismo entre o indivíduo bom e o pecador, é maior ainda entre o indivíduo bom e aquele que chegou ao conhecimento, e incomensurável, então, entre o indivíduo bom e o que está no limiar da divindade. Tome conta, portanto, em não se julgar demasiado cedo alguém à parte dos outros. Quando tiver encontrado o princípio do caminho, a estrela da sua alma mostrará a sua luz; e por essa luz verá quão grande é a treva em que ela arde. A mente, o coração, o cérebro — todos são obscuros e escuros até estar ganha a primeira grande batalha. Que a visão não o assuste e apavore; conserve fitos os olhos na pequena luz, e ela crescerá. Mas deixe que a treva interior o leve a compreender a impotência daqueles que não viram luz nenhuma, cujas almas estão numa escuridão profunda. Não os censure. Não se afaste deles; tente, antes, aliviar um pouco do pesado Karma do mundo; junte o seu esforço ao daquelas poucas mãos fortes que fazem com que os poderes da treva não consigam uma vitória completa. Então você entra para uma companhia de alegria, que traz, na verdade, um trabalho terrível e uma profunda tristeza, mas também um contentamento grande, cada vez maior.

21

Espere que a flor desabroche no silêncio que se segue à tempestade: e só então.

Ela crescerá, aumentará, criará ramos e folhas e formará botões, enquanto a tempestade continuar, enquanto durar a batalha. Mas é só quando toda a personalidade da pessoa está dissolvida e liquefeita — é só quando ela é possuída pelo fragmento divino que a criou, como mero meio de séria experiência e experimentação — é só quando toda a natureza se rendeu e se tornou súdita do seu Ser Superior, que o botão pode desabrochar. Então virá uma calma, como a que há num país tropical depois da chuva pesada, onde a Natureza opera tão depressa, que quase podemos ver a sua ação. Tal é a calma que virá ao espírito perturbado. E no profundo silêncio se dará aquele acontecimento que prova que se encontrou o caminho. Dê-lhe o nome que quiser, é uma voz que fala onde não há quem fale — é um mensageiro que chega, um mensageiro sem forma nem substância; ou é a flor da alma que desabrochou. Não há metáfora que o possa descrever. Mas pode ser objeto da sua ânsia, da sua busca, e do seu desejo, mesmo durante o rugir da tempestade. O silêncio pode durar um tempo, ou pode durar mil anos. Mas terá fim. Levará, contudo, a sua força contigo. Vez após vezes tem a batalha de se dar e de se vencer. Só por um intervalo pode a Natureza estar sem movimento.

NOTA — O desabrochar da flor é o momento glorioso quando a percepção acorda: com ela vêm a confiança, o conhecimento, a certeza. A pausa da alma é o momento de espanto, e o momento seguinte, de satisfação, eis o silêncio.

Saiba, ó discípulo, que todos quantos passaram pelo silêncio, e sentiram a sua paz e retiveram a sua força, anseiam por que passe por ele também. Por isso, na Sala da Aprendizagem, quando ele é capaz de ali entrar, o discípulo encontrará sempre o seu Mestre.

Quem pedir, terá. Mas ainda que o homem vulgar peça perpetuamente, não é ouvida a sua voz. Porque pede apenas com a mente; e a voz da mente só é ouvida naquele plano onde a mente opera. Por isso, só quando são passadas as vinte e uma regras é que eu digo que quem pedir, terá.

Ler, no sentido oculto, é ler com os olhos do espírito. Pedir é sentir a fome interior — a ânsia da aspiração espiritual. Poder ler quer dizer ter obtido o poder, num pequeno grau, de saciar aquela fome. Quando o discípulo está pronto a aprender, então é aceito, recebido, reconhecido. Assim deve ser, porque ele acendeu a sua lâmpada, e ela não pode ser escondida. Mas aprender é impossível enquanto não for vencida a primeira batalha. A mente poderá reconhecer a verdade, mas o espírito não a pode receber. Uma vez atravessada a tempestade e atingida a paz, é então sempre possível aprender, ainda que o discípulo hesite, pare ou se desvie. A Voz do Silêncio fica dentro dele, e, ainda que ele se afaste de todo do Caminho, um dia ressoará, e o rasgará, separando as suas paixões, das suas possibilidades divinas. Então, entre dores e gritos de desespero do ser inferior abandonado, ele voltará.

Por isso eu digo: A paz seja contigo. "Eu te dou a minha paz" só pode ser dito pelo Mestre aos discípulos bem-amados, que são ele próprio. Há alguns, mesmo entre os que ignoram a sabedoria do Oriente, a quem isso se pode dizer, e a quem dia a dia se pode dizer mais completamente.

Δ Repare nas três verdades. Elas são iguais.

As regras que estão acima são as primeiras que estão escritas nos muros da Sala da Aprendizagem. Quem pede, terá. Quem deseja ler, lerá. Quem deseja aprender, aprenderá.

A PAZ SEJA CONTIGO.

Δ

SEGUNDA PARTE

Do silêncio que é a paz uma voz vibrante se erguerá. E essa voz dirá: Não está bem; você colheu, e deve agora semear. E, sabendo que essa voz é o próprio silêncio, a obedecerá.

Você, que é agora um discípulo, capaz de estar de pé, capaz de ouvir, capaz de ver, capaz de falar; que venceu o desejo e chegou ao conhecimento de si próprio; que viu a sua alma no seu desabrochar e a reconheceu, e ouviu a Voz do Silêncio — vá agora à Sala da Aprendizagem e leia o que ali para você está escrito.

NOTA — Poder estar de pé é ter confiança; poder ouvir é ter aberto as portas da alma; poder ver é ter chegado à percepção; poder falar é ter conseguido o poder de auxiliar os outros; ter vencido o desejo é ter aprendido como usar e dominar a personalidade; ter chegado ao conhecimento de si próprio é ter se retirado para a cidadela íntima de onde o ser pessoal pode ser examinado com imparcialidade; ter visto a alma no seu desabrochar é ter obtido em si um vislumbre momentâneo da transfiguração que o fará mais do que criatura; reconhecer é realizar a grande tarefa de olhar para a luz fulgurante sem abaixar os olhos e sem recuar de terror, como perante qualquer terrível fantasma. Isso acontece a alguns, de modo que a batalha se perde quando está quase ganha. Ouvir a Voz do Silêncio é compreender que é de dentro que vem a única indicação que o guia; ir à Sala da Aprendizagem é entrar para o estado no qual se torna possível aprender. Então muitas palavras ali serão escritas para você, e escritas em letras de fogo para que facilmente as possa ler. Porque quando o discípulo está pronto, o Mestre está pronto também.

1
Ponha-se de parte na batalha que se vai travar, e, ainda que combata, não seja você o guerreiro.

2
Procure o guerreiro e deixe que ele se bata por você.

3
Receba dele as ordens para a batalha, e obedeça-lhes.

4
Obedeça-lhe, não como se ele fosse um general, mas como se fosse você mesmo e as suas palavras faladas a

expressão dos seus desejos secretos; porque ele é você mesmo, mas infinitamente mais sábio e mais forte do que você é. Procure-o bem; se não, na febre e na pressa da batalha você pode passar por ele; e ele não o conhecerá a não ser que o conheça. Se o seu grito encontrar o ouvido dele atento, então ele lutará em você e encherá o inerte vácuo interior. E se isso for assim, então poderá atravessar a batalha calmo e sem cansaço, pondo-se de lado e deixando que ele se bata por você. Então lhe será impossível errar um golpe. Mas se não o procurar, se passar por ele, então não haverá para você salvaguarda nenhuma. Seu cérebro ondeará, seu coração se tornará incerto, e na poeira da batalha lhe falharão a vista e os sentidos, e você não poderá distinguir os seus amigos dos seus inimigos.

Ele é você mesmo. Você, porém, é apenas finito e suscetível de errar; ele é eterno e está seguro. Ele é a verdade eterna. Uma vez apossado de você e se tornado o seu Guerreiro, nunca de todo o abandonará; e no dia da grande paz ele se tornará uno contigo.

5

Escute a canção da vida.

NOTA — Procure-a e escute-a, primeiro no seu próprio coração. A princípio talvez diga: "Não está lá; se procuro, encontro só a discórdia". Procure mais fundo. Se recebe nova desilusão, pare e procure mais fundo ainda. Há uma melodia natural, uma fonte obscura em todo o coração humano. Pode estar coberta, inteiramente escondida e silenciosa — mas lá existe. Na íntima base da sua natureza você encontrará a fé, a esperança, e o amor. Aquele que escolhe o mal recusa-se o olhar para dentro de si, tapa os ouvidos à melodia do seu coração, assim como cega os olhos à luz da sua alma. Faz isso porque acha mais fácil viver nos seus desejos. Mas no fundo de toda a vida está a forte corrente que nada pode deter; o grande rio lá está verdadeiramente.

Encontre-o e verá que não há ninguém, nem mesmo a mais abjeta das criaturas, que não seja parte dele, por muito que se cegue para esse fato, construindo para si uma forma externa fantástica e terrível. É nesse sentido que eu lhe digo: Todos esses seres entre os quais você luta são fragmentos do Divino. E tão enganadora é a ilusão em que vive, que é difícil adivinhar onde primeiro se perceberá a voz suave nos corações dos outros. Saiba, porém, que com certeza ela existe em você. Procure-a ali, que, uma vez ouvida, mais prontamente a reconhecerá em seu entorno.

6
Guarde na sua memória a melodia que ouvir.

7
Aprenda nela a lição da harmonia.

8

Pode ficar de pé agora, firme como um rochedo no meio da batalha, obedecendo ao Guerreiro que é você mesmo e o seu rei. Sem outro cuidado na batalha, que não o de fazer o que ele manda, não se preocupando já com o resultado da batalha; porque só uma coisa é importante, que o guerreiro vença, e você bem sabe que ele é incapaz de derrota; de pé assim, calmo e desperto, empregue o ouvido que adquiriu pela dor e pela destruição da dor. Enquanto não é senão um indivíduo, apenas fragmentos da grande canção chegam aos seus ouvidos. Mas se a escuta, lembre-a bem, para que nada que chegou até você seja perdido, e tente nela aprender o sentido do mistério que o cerca. Em tempo não precisará de mestre. Porque, assim como o indivíduo tem voz, também a tem aquilo em que o indivíduo existe. A própria vida tem fala e nunca está silenciosa. E a sua fala não é, como vocês os surdos podem crer, um grito: é uma canção. Nela aprenda que você é parte da harmonia; nela aprenda a obedecer às leis da harmonia.

9

Contemple atentamente toda a vida que o cerca.

10

Aprenda a olhar inteligentemente para dentro dos corações humanos.

NOTA — De um ponto de vista absolutamente impessoal, sem o que a sua vista é viciada. Por isso é preciso, primeiro, compreender a impessoalidade.

A inteligência é imparcial: ninguém é seu inimigo, ninguém é seu amigo. Todos são igualmente seus mestres. Seu inimigo torna-se um mistério a resolver, ainda que leve eras a fazê-lo; porque o indivíduo tem de ser compreendido. Seu amigo torna-se parte de você, um prolongamento de você mesmo, um problema difícil de decifrar. Há só uma coisa que é mais difícil de conhecer — o seu próprio coração. Só quando se desfazem os embaraços da personalidade é que esse profundo mistério do ser pode começar a ser visto. Só quando estiver à parte dele é que ele de qualquer maneira se revelará ao seu entendimento. Então, e só então, você pode segurar e guiar. Então, e só então, pode usar todos os seus poderes, e dedicá-los a uma obra digna.

11
Contemple atentamente o seu próprio coração.

12
Porque é através do seu coração que lhe vem a única luz que pode iluminar a vida e torná-la clara aos seus olhos.

Estude os corações humanos para que possa saber o que é aquele mundo em que vive e do qual quer fazer parte. Contemple a vida movente e constantemente mudando que o cerca, porque ela é formada pelos corações humanos; e à medida que aprende a compreender a constituição e a significação deles, pouco a pouco poderá ler a palavra mais vasta da vida.

13

O falar chega apenas com o conhecimento. Consiga o conhecimento e conseguirá o falar.

NOTA — É impossível auxiliar os outros enquanto você não tiver adquirido qualquer certeza sua. Quando tiver aprendido as primeiras vinte e uma regras e entrado para a Sala da Aprendizagem, com os seus poderes desenvolvidos e os seus sentidos libertos, então achará que há dentro de você uma fonte de onde o falar surgirá.

Depois da décima terceira regra, nenhuma palavra posso acrescentar ao que já está escrito.

Eu vos dou a minha paz. Δ

Estas notas são escritas apenas para aqueles a quem dou a minha paz; aqueles que podem ler o que escrevi não só com os sentidos exteriores, mas com os interiores também.

14

Tendo obtido o uso dos sentidos interiores, tendo vencido os desejos dos sentidos exteriores, tendo vencido os desejos da alma individual, e tendo obtido o conhecimento, prepare-se agora, ó discípulo, para entrar deveras para a senda. Você encontrou já o caminho: prepare-se para trilhá-lo.

15

Pergunte à terra, ao ar e à agua, quais são os segredos que eles têm a lhe revelar. O desenvolvimento dos seus sentidos interiores tornará isso possível a você.

16

Pergunte aos Santos da terra quais são os segredos que têm para você. A vitória sobre os desejos dos sentidos exteriores lhe dará o direito de o fazer.

17

Pergunte ao mais íntimo, ao Um, qual o segredo final que através das eras ele guarda para lhe revelar.

A grande e difícil vitória, a vitória sobre os desejos da alma individual, é uma obra que dura eras; não espere por isso obter os prêmios que daí lhe advêm, senão após ter acumulado eras sobre eras de experiência. Quando chega a hora de aprender esta décima sétima regra, o ser humano está no limiar de se tornar mais do que ser humano.

18

O conhecimento, que é seu agora, é seu apenas porque a sua alma se tornou una com todas as almas puras e com o mais íntimo. É uma missão de que lhe encarrega o Altíssimo. Traia-a, use-a mal ou descuide do conhecimento, e mesmo agora lhe é possível cair da alta posição a que chegou. Grandes há que caem para trás, mesmo no limiar, incapazes de sustentar o peso da sua responsabilidade, incapazes de passar para adiante. Aguarde por isso sempre trêmulo e receoso este momento, e prepare-se para o combate.

19

Está escrito que para aquele que está no limiar da divindade nenhuma lei pode ser feita, nenhum guia pode existir. Mas, para elucidar o discípulo, a batalha final pode assim ser expressa:

Segure bem aquilo que não tem substância nem existência.

20

Escute apenas a voz que não tem som.

21

Olhe apenas para aquilo que é invisível tanto aos sentidos internos como aos externos.

A PAZ SEJA CONTIGO

Δ

Comentários

I
ANTES QUE OS OLHOS POSSAM VER, DEVEM SER INCAPAZES DE LÁGRIMAS

Todos os leitores deste volume não devem esquecer que é um livro que pode parecer que contém alguma filosofia, mas muito pouco nexo, para aqueles que o julgam escrito em linguagem corrente. Para os muitos que dessa maneira o lerem, ele será — não tanto *caviar* como azeitonas fortes do seu sal. Tome conta, portanto, e não leia muito dessa maneira.

Há outra forma de ler, que é, na verdade, a única que se deve empregar para muitos autores. É a de ler, não entre as linhas, mas dentro das palavras. Trata-se, de fato, de decifrar uma cifra profundíssima. Todas as obras alquímicas estão escritas nesta cifra de que falo; ela tem sido empregada pelos grandes poetas e filósofos de todos os tempos. É usada sistematicamente pelos Adeptos na vida e no conhecimento, que, comunicando aparentemente a sua mais profunda sabedoria, não fazem senão esconder nas próprias palavras que empregam o seu verdadeiro mistério. Não podem fazer senão isso. Há uma lei da Natureza que impõe que cada homem leia por si esses mistérios. De nenhuma outra maneira os pode ele obter. Um indivíduo que deseje viver deve comer ele próprio o seu alimento, é essa a lei simples da natureza — e ela vale também para a vida superior. Um indivíduo que nela queira viver e agir não pode ser alimentado por uma colher, como uma criança; deve comer por si próprio.

Proponho-me pôr em linguagem nova e por vezes mais clara partes de *Luz sobre o caminho*; mas não posso garantir que desse meu esforço resulte realmente qualquer verdadeira interpretação. Para um surdo-mudo uma verdade não se torna mais compreensível se, para assim lhe tornar, qualquer desastrado poliglota traduz as palavras em que ela está expressa para todas as línguas vivas e mortas, e lhe grita ao ouvido as diferentes frases. Mas para os que não são surdos-mudos, há em geral uma língua que é mais compreensível do que qualquer outra; e é a esses que eu me dirijo.

Os primeiros aforismos de *Luz sobre o caminho*, incluídos na Primeira Parte, têm, bem o sei, permanecido incompreensíveis quanto ao seu sentido íntimo para muitos que, no resto, compreenderam perfeitamente a orientação do livro.

Há quatro verdades certas e provadas com respeito à entrada para o ocultismo. As Portas de Ouro vedam aquele limiar; mas alguns há que transpõem essas Portas e descobrem o sublime e o ilimitável que está para além delas. Em épocas ainda muito longe no Tempo, todos passarão essas portas. E sou um dos que deseja que o Tempo, o grande enganador, não fosse tão despótico. Para aqueles que o conhecem e o amam não tenho palavra a dizer; mas para os outros — e não são tão poucos como alguns podem imaginar — para quem a passagem do tempo é como o golpe de um martelo, e o sentimento do espaço como as grades de uma gaiola de ferro, traduzirei, e tornarei a traduzir, até que eles compreendam bem.

As quatro verdades escritas na primeira página de *Luz sobre o caminho* referem-se à primeira iniciação do pretendente a ocultista. Enquanto ele não a passou, nem mesmo poderá chegar ao fecho da Porta que dá entrada para o conhecimento. O conhecimento é a maior herança humana; por que então não deve ele tentar buscá-lo por quantos caminhos possa? O laboratório não é o único campo de experimentação; a *ciência* — *o* sabemos todos – deriva de *sciens,* particípio presente do verbo *scire,* "saber"; a sua origem é semelhante à da palavra *discernir, conhecer.* A ciência, portanto, não trata só da matéria, não, nem mesmo nas suas formas mais sutis e obscuras. Essa ideia nasce apenas do espírito indolente da época. "Ciência" é uma palavra que abrange todas as formas do conhecimento. É muito interessante saber o que os químicos descobrem e vê-los abrir caminho através das densidades da matéria até as suas formas mais sutis; mas há outras formas de conhecimento, além desta, e não é toda a gente que restringe o seu (estritamente científico) desejo de saber as experiências suscetíveis de serem medidas pelos sentidos físicos.

Quem não é estúpido, ou atordoado por qualquer vício predominante, calcula, ou mesmo, talvez, já descobriu com certa segurança, que há sentidos sutis interiores aos sentidos físicos; em tudo isso nada há de extraordinário; se nos déssemos ao trabalho de pôr a Natureza no banco das testemunhas, veríamos que tudo quanto é perceptível à vista usual tem qualquer coisa mais importante do que ele próprio escondida dentro de si; o microscópio revelou-nos um mundo, mas dentro da esfera que o microscópio revela está um mistério que nenhum mecanismo pode penetrar.

Todo o mundo é animado e iluminado, até as suas formas mais materiais, por um mundo dentro dele. A este mundo interior chamam alguns o Astral, e a palavra é tão boa como qualquer outra, embora signifique apenas estelar; mas as estrelas, como apontou Locke, são corpos luminosos que dão luz por si. Esta qualidade é, com efeito, característica da luz que está dentro da matéria; porque aqueles que a veem não precisam de lâmpada para a verem. De mais a mais, a palavra inglesa "star" (estrela) é derivada do anglo-saxão "stir-an" (guiar, mexer, mover) e, sem dúvida que é a vida interior que é mestra da exterior, exatamente como é o cérebro do homem que guia os movimentos dos seus lábios. De modo que, conquanto Astral não seja, de *per si*, uma palavra muito boa, serve bem para os fins destas anotações.

Todo o *Luz sobre o caminho* está escrito numa cifra astral e só pode, portanto, ser decifrado por alguém que leia astralmente. E o seu ensinamento é especialmente orientado para o cultivo e desenvolvimento da vida astral. Só quando se tiver dado o primeiro passo neste desenvolvimento, é que o conhecimento rápido chamado a intuição certa se torna possível ao indivíduo. E essa intuição positiva e certa é a única forma de conhecimento que habilita alguém a trabalhar rapidamente ou a chegar ao seu alto e verdadeiro estado, dentro dos limites do seu esforço consciente. Obter conhecimentos pela experimentação é método tedioso demais para aqueles que desejam trabalhar verdadeiramente; aquele que os obtém por intuição certa apodera-se das suas várias formas com uma rapidez suprema, por um esforço feroz da vontade: como um trabalhador decidido empunha a ferramenta, sem olhar ao seu peso ou a outra qualquer dificuldade que se lhe atravesse no caminho. Ele não espera que cada peça dessa ferramenta seja submetida a uma prova — usa aquelas que vê que melhor lhe servem.

Todas as regras contidas em *Luz sobre o caminho* são escritas para todos os discípulos, mas só para discípulos — para aqueles que "tomam conhecimento". Para ninguém, salvo para o estudioso nesta escola, têm as suas leis alguma utilidade ou algum interesse.

A todos que se interessam a sério pelo ocultismo, começarei por dizer — tome conhecimento. Àquele que tem, será dado. É inútil esperar por ele. Se fechará diante de você o ventre do Tempo, e ficará por nascer, sem poder nenhum. Por isso digo àqueles que têm fome ou sede de conhecimento: atenda bem a estas Regras.

Não são elas obra ou invenção minha. São apenas o frasear de leis na natureza superior, o pôr em palavras de verdades tão absolutas na sua própria esfera como aquelas leis que regem os fenômenos da terra e da sua atmosfera.

Os sentidos de que se fala, nestas quatro observações, são os sentidos astrais, ou interiores.

Nenhum indivíduo deseja ver aquela luz que ilumina a alma sem espaço, senão quando a dor, a tristeza e o desespero o arrastaram para longe da vida da humanidade normal. Primeiro ele gasta o prazer, depois gasta a dor — até que, por fim, os seus olhos se tornam incapazes de lágrimas.

Isso é um truísmo, se bem que eu saiba perfeitamente que encontrará uma negativa formal da parte de muitos que simpatizam com os pensamentos que nascem da vida interior. *Ver* com o sentido astral da visão é uma forma de atividade que é difícil compreendermos imediatamente. O cientista sabe perfeitamente que milagre é realizado por cada criança que vem ao mundo, quando primeiro domina a sua visão e a obriga a obedecer ao seu cérebro. Um igual milagre por certo se dá com cada sentido, mas esta orientação da visão é talvez o esforço mais estupendo. A criança, porém, o faz quase inconscientemente, pela força da poderosa herança do hábito. Ninguém, em adulto, se recorda de que o realizou; exatamente como não nos recordamos dos movimentos individuais que há um ano nos habilitaram a subir uma encosta. Isso tem origem no fato de que na matéria nos movemos, vivemos e temos o nosso ser. O nosso conhecimento dela tornou-se intuitivo.

Com a sua vida astral o que se passa é bem diverso. Há muito tempo já que o homem pouca atenção lhe presta — tão pouca que se pode dizer que perdeu o uso dos seus sentidos. Em cada civilização, é certo, a estrela surge e o ser humano confessa, com maior ou menor insciência e confusão, aquilo que sabe que é. Mas na maioria das vezes nega-o, e, ao tornar-se um materialista, torna-se esse ser estranho, um ser que não pode ver a sua própria luz, uma coisa viva que não quer viver, um animal astral que tem olhos, ouvidos, voz e poder, e não quer empregar nenhum desses dons. É esse o caso, e o hábito da ignorância de tal modo se enraizou, que atualmente ninguém verá com a visão interior enquanto a agonia não lhe tornar os olhos físicos não só cegos, mas até destituídos de lágrimas — a umidade da vida. Ser incapaz de lágrimas é ter defrontado e vencido a simples natureza humana, e ter chegado a um equilíbrio que não pode ser abalado pelas emoções pessoais. Não implica qualquer dureza do coração ou indiferença. Não implica a exaustão da tristeza, quando a alma sofredora parece já não poder mais sofrer agudamente; não quer dizer o amortecimento da velhice, quando a emoção se vai embotando porque se vão gastando as cordas que com ela vibram. Nenhuma dessas condições serve para um discípulo, e se qualquer delas nele existir, deve ser dominada antes que ele possa entrar para o Caminho. A dureza do coração pertence ao egoísta; ao egotista, para quem a Porta está para sempre fechada. A indiferença é do néscio e do falso filósofo; daqueles cuja débil índole os torna meros títeres, sem força o bastante para encarar as realidades da existência. Quando a dor ou a tristeza tirou o fio ao sofrimento, o que resulta é uma letargia semelhante à que acompanha a velhice, como costumam senti-la homens e mulheres. Tal condição torna impossível a entrada para o Caminho, porque o primeiro passo é difícil e é preciso, para o tentar, ser um indivíduo forte, cheio de vigor psíquico e físico.

É certo, como Edgar Allan Poe disse, que os olhos são as janelas para a alma, as janelas daquele palácio povoado de espectros onde ela habita. É essa a mais aproximada interpretação em linguagem vulgar do sentido do texto. Se a dor, a angústia, o desalento ou o prazer podem abalar a alma ao ponto de ela perder a sua fixa posse do calmo espírito que a inspira, e a umidade da vida irrompe, afogando o conhecimento na sensação, então tudo se cobre de bruma, escurecem-se as janelas, a luz para nada serve. É esse um fato tão literalmente certo como é o de que se alguém, à beira de um precipício, perde o sangue-frio por qualquer súbita emoção, inevitavelmente irá despencar. A linha do corpo, o seu equilíbrio, devem ser conservados, não só em lugares perigosos, mas mesmo em terreno plano, e com todo o auxílio que a Natureza nos ministra pela lei da gravitação. Assim acontece com a alma: ela é o elo entre o corpo exterior e o espírito estelar que está para além; a fagulha divina reside no lugar tranquilo onde nenhuma convulsão da Natureza possa fazer tremer o ar; assim é sempre. Mas a alma pode perder a sua posse desse espírito, o seu conhecimento dele, ainda que ambos sejam parte de um todo; e é pela emoção, pela sensação, que essa posse se relaxa. Sofrer prazer ou dor causa uma vibração vívida que é, para a consciência do ser humano, a vida. Ora, essa sensibilidade não diminui quando o discípulo entra para a sua disciplina; mas aumenta. É a primeira prova a que a sua força é submetida; ele tem que sofrer, que gozar, que suportar, mais agudamente do que os outros, tendo, porém, tomado para si um encargo que não existe para os outros — o de não deixar o seu sofrimento desviá-lo do seu firme propósito. Ele tem, de fato, logo ao primeiro passo de ter mão em si, firmemente, e de pôr o freio na sua própria boca; ninguém, senão ele, o pode fazer.

Os quatros primeiros aforismos de *Luz sobre o caminho* referem-se inteiramente ao desenvolvimento astral. Esse desenvolvimento deve ter sido realizado até certa altura — isto é, deve ter sido plenamente iniciado — antes que o resto do livro possa ser compreendido por mais do que pela inteligência; antes, de fato, que ele possa ser lido como um tratado prático, e não metafísico.

Em uma das grandes Fraternidades místicas há quatro cerimônias que acontecem no princípio do ano, e que se pode dizer que ilustram e elucidam esses aforismos. São cerimônias em que só noviços tomam parte, porque são simplesmente práticas do limiar. Mas servirá para mostrar que coisa séria é tornar-se um discípulo, quando se souber que todas elas são cerimônias de sacrifício. A primeira é aquela de que tenho estado a falar. O mais intenso prazer, a mais amarga dor, a angústia da perda e do desespero, são feitos incidir sobre a alma trêmula, que ainda não encontrou luz na noite, que é indefesa como um cego: e, enquanto esses abalos não se podem sofrer sem perda do equilíbrio, os sentidos astrais têm de ficar selados. Tal é a lei misericordiosa. O "médium", ou "espiritista", que se lança pelo mundo psíquico sem preparação, é um violador da lei, um violador das leis da natureza superior. Os que violam as leis da Natureza perdem a sua saúde física; os que violam as leis da vida interior perdem a sua saúde psíquica.

Os "médiuns" enlouquecem, suicidam-se, tornam-se criaturas miseráveis destituídas de senso moral; e muitas vezes dão em descrentes, duvidando até daquilo que com seus próprios olhos viram. O discípulo é obrigado a tornar-se dono de si próprio antes que se aventure nesse caminho perigoso e tente enfrentar aqueles seres que vivem e trabalham no mundo astral, e a quem chamamos Mestres, por causa do seu grande conhecimento e do seu poder de dominar não só a si próprios, mas também às forças que os cercam.

A condição da alma quando vive para a vida da sensação, contrapondo-a à vida do conhecimento, é vibratória ou oscilante, em oposição à fixa. É esta a representação literal mais aproximada do fato; mas é literal apenas para o intelecto, não para a intuição. Para essa parte da consciência humana um vocabulário diferente se requer. A ideia de "fixo" pode talvez ser transposta para a de "em casa". Na sensação nenhuma "casa" permanente se pode encontrar, porque a mudança é a lei desta existência vibratória.

Este fato é o primeiro que o discípulo tem de aprender. É inútil parar e chorar sobre uma cena num caleidoscópio que passou.

É um fato bem conhecido, e que Bulwer Lytton tratou com grande vigor, que uma tristeza intolerável é a primeira das experiências do Neófito em Ocultismo. Uma sensação de vácuo cai sobre ele, que torna o mundo um deserto, e a vida um esforço vão. Isto se segue à sua primeira contemplação do abstrato. Ao contemplar, ou mesmo ao tentar contemplar, o inefável mistério da sua própria natureza superior, ele próprio faz com que a provação inicial caia sobre si. A oscilação entre o prazer e a dor para durante talvez um instante do tempo; mas isso basta para que ele seja arrastado para fora do seu ancoradouro no mundo da sensação. Experimentou, por pouco tempo que fosse, a vida maior; e ele prossegue na existência normal sob o peso de um sentimento de irrealidade, de vácuo, de horrível negação. Este foi o pesadelo que visitou o neófito de Bulwer Lytton em *Zanoni;* e mesmo o próprio Zanoni, que tinha aprendido grandes verdades e a quem grandes poderes haviam sido confiados, não tinha realmente passado o limiar onde o terror e a esperança, o desespero e a alegria num momento parecem realidades absolutas, no outro meras formas da fantasia.

Esta prova inicial nos é muitas vezes imposta pela própria vida. Porque a vida é, afinal, a grande mestra. Voltamos a estudá-la, depois de termos adquirido poder sobre ela, exatamente como o professor de química aprende mais no laboratório do que o seu aluno. Há pessoas tão próximas da porta do conhecimento que a própria vida os prepara para ele, e nenhuma mão individual é precisa para invocar o horrendo guarda da entrada. Essas devem ser, naturalmente, organizações sensíveis e poderosas, capazes do mais vívido prazer; então vem a dor e cumpre o seu grande dever. As mais intensas formas do sofrimento caem sobre essa natureza, até que por fim ela desperta do seu sono da consciência, e, pela própria força da sua vitalidade interior, atravessa o limiar para um lugar de paz. Então a vibração da vida perde o seu tirânico poder. A natureza sensível tem ainda de sofrer; a alma, porém, libertou-se e está à parte, guiando a vida em direção à sua grandeza. Aqueles que são súditos do Tempo, e vagarosamente percorrem todos os seus espaços, continuam a viver através de uma prolongada série de sensações, sofrendo uma constante mistura de prazer e de dor. Não ousam apertar a serpente do ser pessoal com uma mão firme e dominá-la, tornando-se assim divinos; mas preferem continuar oscilantes através de experiências várias, sofrendo os embates das forças opostas.

Quando um dos súditos do Tempo decide entrar para o Caminho do Ocultismo, é esta a sua primeira tarefa. Se a vida não o ensinou, se ele não tem força para a ensinar a si próprio, e se ele tem poder bastante para pedir o auxílio de um Mestre, então essa terrível prova, descrita em *Zanoni*, lhe é imposta. A oscilação em que vive é interrompida por um momento; e ele tem de sobreviver ao abalo de enfrentar o que à primeira vista lhe parece ser o abismo do nada. Só quando aprendeu a habitar esse abismo e descobriu a sua paz, é possível aos seus olhos tornarem-se incapazes de lágrimas.

II
ANTES QUE O OUVIDO POSSA OUVIR, DEVE TER PERDIDO A SUA SENSIBILIDADE

As quatro primeiras regras de *Luz sobre o caminho* são, sem dúvida, por estranha que a observação pareça, as mais importantes, salvo uma, que o livro contém. São assim tão importantes porque contêm a lei vital, a própria essência criadora do homem astral. E é apenas na consciência astral (ou iluminada por si própria) que as regras que se lhes seguem têm um sentido vivo. Logo que se obtenha o uso dos sentidos astrais, torna-se normalíssimo que eles se comecem a empregar; e as regras posteriores não passam de indicações para o seu emprego. Quando assim me exprimo, entende-se, é claro, que o que quero dizer é que as quatro primeiras regras são as que verdadeira importância e interesse devem ter para aqueles que as leem impressas em uma página. Quando estão gravadas, indubitavelmente, no coração e na vida do indivíduo, então as outras regras tornam-se, não observações metafísicas simplesmente interessantes ou extraordinárias, mas fatos reais da vida que têm de ser objeto de compreensão e de experiência.

As quatro regras se encontram escritas na sala magna de toda a loja existente de uma Fraternidade viva. Quer o indivíduo vá, como Fausto, vender a alma ao demônio; quer, como Hamlet, vá ser vencido no combate; quer vá avançar para dentro do recinto — em qualquer dos casos são para ele essas palavras. O ser humano pode escolher entre a virtude e o vício, mas só quando chegar a ser um adulto; uma criança ou um bicho não têm esse poder de escolha. Assim se passa com o discípulo; ele tem primeiro de se tornar um discípulo antes mesmo que consiga enxergar os caminhos entre os quais tem de escolher. Esse esforço de se criar discípulo, o renascimento, tem ele de o obrar por si, sem mestre. Enquanto não aprende as quatro regras, nenhum mestre lhe pode servir de nada; e é por isso que aos "Mestres" se faz referência da maneira como se faz. Não há Mestres verdadeiros, quer sejam adeptos no Poder, quer no Amor, quer no Mal, que possam afetar um indivíduo antes de ele passar por estas regras.

As lágrimas, como disse, podemos chamar a umidade da vida. Tem a alma de pôr de parte as emoções humanas, de obter um equilíbrio que a adversidade não possa abalar, antes que os seus olhos possam abrir-se para o mundo sobre-humano.

A voz dos Mestres está sempre no mundo; mas só a ouvem aqueles cujos ouvidos já não estão aptos a receber os sons que afetam a vida pessoal. Já o riso não alivia o coração, já a ira não o pode encolerizar, nem as palavras ternas trazer-lhe um bálsamo. Porque aquilo que dentro está, e para quem os ouvidos são como um portal exterior, é em si um lugar imperturbável de paz que já ninguém pode abalar.

Assim como os olhos são as janelas da alma, assim os ouvidos são os seus portais ou portas. Através deles chega o conhecimento da confusão do mundo. Os grandes que dominaram a vida, que se tornaram mais do que discípulos, estão em paz e imperturbáveis no meio da vibração e do movimento caleidoscópico da humanidade. Dentro de si têm um perfeito conhecimento, assim como uma paz perfeita; e por isso não os excitam nem perturbam os fragmentos, parciais e enganosos, de informação que lhes trazem aos ouvidos as variadas vozes dos que os cercam. Quando falo do conhecimento, refiro-me ao conhecimento intuitivo. Essa informação certa não pode ser conseguida nem por trabalho obstinado, nem pela experimentação; porque esses métodos são aplicáveis só à matéria, e a matéria é em si uma substância perfeitamente incerta, continuamente afetada pela mudança. As leis mais absolutas e universais da vida natural e física, tais como o cientista as compreende, deixarão de existir quando deixar de existir este universo, e só a sua alma restar, no silêncio. Qual será, então, o valor do conhecimento das suas leis, obtido pelo trabalho e pela observação?

Espero que nenhum leitor ou crítico tenha compreendido, pelo que tenho dito, que me proponho depreciar ou menosprezar o conhecimento adquirido, ou o trabalho dos cientistas. Pelo contrário, sustento que os versados em ciência são os pioneiros do pensamento moderno. Os dias da literatura e da arte, quando os poetas e os escultores viam a luz divina, e a reproduziam na sua linguagem sublime — esses dias jazem no passado longínquo, sepultos com os escultores pré-fidianos[1] e com os poetas pré-homéricos. Os Mistérios não regem já o mundo do pensamento e da beleza; a vida humana, e não o que está para além, é hoje a força governadora. Mas os obreiros da ciência vão avançando, não tanto pela sua própria vontade como pela mera força das circunstâncias, em direção à fronteira longínqua que separa as coisas interpretáveis das ininterpretáveis. Cada nova descoberta representa mais um passo

---

1 Em referência a Fídias, renomado escultor da Grécia Antiga, considerado um dos mais importantes artistas da história da arte ocidental. Ele viveu aproximadamente de 480 a 430 a.C. e foi ativo durante o período clássico da Grécia. Fídias nasceu em Atenas e foi responsável por muitas das grandes obras arquitetônicas e esculturas que adornaram a Acrópole de Atenas, o centro cultural e religioso da cidade (N. E.).

nesse caminho, e é por isso que tanto prezo o conhecimento obtido pelo trabalho e pela experimentação.

O conhecimento intuitivo, porém, é uma coisa inteiramente diferente. Não é adquirido de uma maneira ou de outra, sendo, por assim dizer, uma faculdade da alma; não a alma animal, aquela que se torna um espectro depois da morte, quando a luxúria, afeição ou a memória de maus atos a prendem na vizinhança dos humanos; mas a alma divina que anima todas as formas externas do ser individualizado.

Trata-se, é claro, de uma faculdade que reside nessa alma, que é inerente. O que quer ser discípulo tem de se erguer até a consciência dela mediante um esforço feroz, resoluto e indômito da vontade. Emprego o termo "indômito" por uma razão especial. Só aquele que é indomável, que não pode ser dominado, que sabe que tem de ser senhor dos homens, dos fatos, de todas as coisas salvo da sua divindade própria, pode despertar em si essa faculdade. "Com a fé todas as coisas são possíveis." Os céticos escarnecem da fé, e orgulham-se da sua ausência no seu espírito. A verdade é que a fé é um engenho enorme, um poder imenso, que, na verdade, pode conseguir todas as coisas. Porque é o pacto ou contrato entre a parte divina do ser humano e o seu ser inferior.

O emprego desse engenho é absolutamente necessário para se obter o conhecimento intuitivo; porque, a não ser que alguém creia que esse conhecimento existe dentro de si, como pode ele pretender tê-lo e empregá-lo?

Sem ele, é mais desvalido do que as madeiras, os restos de naufrágios levados à tona das grandes marés do oceano. Eles são atirados para um lado e outro; assim o pode ser o indivíduo pelos acasos da sorte. Mas tais aventuras são puramente externas e de pequeníssima monta. Pode um escravo ser levado pelas ruas em algemas e, contudo, manter o ânimo sereno de um filósofo, como se viu na pessoa de Epiteto. Pode alguém ter em seu poder todos os prêmios terrenos, pode ser, aparentemente, dono absoluto do seu destino pessoal e, contudo, não ter paz nem certeza, por estar abalado dentro de si por cada maré de pensamento em que toca. E essas marés inconstantes não se limitam a atirar o indivíduo para aqui e para ali, como se fora os restos de um naufrágio; isso, de *per si*, pouco seria. Passam os portais da alma, cobrem essa alma tornam-na cega, oca, despida de toda a inteligência estável, afetável, portanto, pelas impressões passageiras.

Para tornar mais nítido o sentido do que quero dizer, empregarei um exemplo. Tomemos um autor quando está escrevendo, um pintor diante da sua tela, um compositor escutando as melodias que vão raiando na sua imaginação embevecida; que cada um desses trabalhadores passe as horas do dia ao pé de uma grande janela dando para uma rua de muito movimento. O poder da vida animadora cega a vista e o ouvido, e o grande tráfego da cidade passa como se fosse uma pompa inútil. Um homem, porém, cujo espírito esteja vazio, cujas horas não tenham ocupação, sentado a essa mesma janela, repara nos transeuntes e fixa na memória os casos que aconteça agradarem-lhe ou despertarem o seu interesse. Assim se passa com o espírito na sua relação com a verdade eterna. Se já não transmite à alma as suas flutuações, o seu reconhecimento parcial, a sua informação incerta; então no lugar interior da paz, encontrado já desde que se aprendeu a primeira regra — nesse lugar interior torna-se chama a luz do conhecimento verdadeiro. Então os ouvidos começam a ouvir. Muito pouco, a princípio, muito vagamente. E, na verdade, tão débeis e fracas são essas primeiras indicações do princípio da vida real, verdadeira, que por vezes são postas de parte como meras fantasias, meras coisas da imaginação. Mas antes que elas possam tornar-se mais do que meras coisas da imaginação, o abismo do nada tem de ser encarado sob uma outra forma. O silêncio absoluto, que só pode vir de se fecharem os ouvidos a todos os sons passageiros, surge como um horror ainda maior que o próprio vácuo informe do espaço. A nossa única concepção mental do espaço vazio é, creio, quando reduzido ao seu último elemento pensável, a da escuridão impenetrável. Para muita gente isso representa um grande terror físico, e, quando considerado como um fato eterno e imutável, deve levar ao espírito mais a ideia do extermínio do que outra qualquer. Mas é apenas a obliteração de um sentido; e o som de uma voz pode vir trazer conforto mesmo na escuridão mais profunda. O discípulo, tendo chegado a essa escuridão, que é o abismo terrível, deve, pois, de tal modo fechar as portas da sua alma que ali não possa entrar nem um confortador nem um inimigo. E é ao fazer esse segundo esforço que o fato de a dor e o prazer serem, na verdade, a mesma sensação se torna patente àqueles que até ali não o puderam perceber. Porque quando se chega à solidão do silêncio, a alma deseja tão feroz e ardentemente qualquer sensação a que se apoie, que uma sensação dolorosa lhe seria tão bem-vinda como uma agradável.

Quando atinge essa consciência, o indivíduo corajoso pode, tomando-a e retendo-a, imediatamente destruir a tal "sensibilidade". Quando o ouvido já não distingue o agradável do doloroso, já não pode ser afetado pelas vozes dos outros. E então já é seguro e possível abrir as portas da alma.

A "vista" é o primeiro esforço, e o mais fácil, porque se consegue, em parte, por um esforço intelectual. A inteligência pode dominar o coração, como todos sabem pela experiência normal da vida. Por isso esse passo preliminar está ainda no domínio da matéria. Mas o segundo passo já não admite esse auxílio, ou qualquer espécie de apoio material. É claro que por "apoio material" quero referir-me à ação do cérebro, ou das emoções, ou da alma humana. Ao obrigar os ouvidos a escutarem apenas o silêncio eterno, o ser a que chamamos humano torna-se qualquer coisa que já não é humana. Um exame muito superficial das mil e uma influências que incidem sobre nós, vindas dos outros, bastará para demonstrar que isso deve ser assim. Um discípulo cumprirá todos os seus deveres de cidadão; mas os cumprirá segundo a sua própria noção do dever, e não segundo a de qualquer pessoa ou grupo de pessoas. É essa uma consequência evidentíssima de se seguir a religião do conhecimento em vez de qualquer uma das cegas crenças.

Para obter o puro silêncio preciso ao discípulo, o coração e as emoções, o cérebro e os seus intelectualismos têm de ser postos à parte. Ambos não passam de mecanismos, que acabarão quando acabar a vida humana. É a essência última, aquilo que é o poder motor, que faz o homem viver, que é agora obrigado a despertar e a agir. É agora a maior hora do perigo. Na primeira provação os seres humanos endoidecem de terror; dessa primeira provação tratou Bulwer Lytton. Nenhum romancista seguiu até a segunda provação, ainda que o tenham feito alguns dos poetas. A sua sutileza e grande perigo estão no fato de que na medida da força de um indivíduo está a medida da sua probabilidade de passar para além dela ou de chegar mesmo a arcar com ela. Se ele tem poder bastante para acordar essa parte desacostumada de si, a essência suprema, então tem o poder para abrir as Portas de Ouro, então é o verdadeiro alquimista, de posse do elixir da vida.

É nesse ponto da experiência que o Ocultista se separa de todos os outros e entra para uma vida exclusivamente sua; para o caminho do conseguimento individual, em vez da obediência aos gênios que regem a nossa terra. Este erguer-se até ser um poder espiritual, na verdade, o identifica com as forças mais nobres da vida, e o torna uno com elas. Porque elas estão além dos poderes desta terra e das leis deste universo. Nisto está a única esperança do ser humano de ter êxito no grande esforço; saltar diretamente da sua posição atual para a seguinte, e imediatamente tornar-se uma parte intrínseca do poder divino, como foi uma parte intrínseca do poder intelectual, da grande natureza a que ele pertence. Ele está sempre adiante de si próprio, se tal contradição é compreensível. São os humanos que aderem a essa posição, que creem no seu poder inato de progredir, e no da humanidade inteira, que são os Irmãos Mais Velhos, os pioneiros. Cada indivíduo tem de dar o grande salto por si e sem auxílio; mas serve, de certo modo, de apoio a que se encoste, o saber que outros já seguiram por aquele caminho. É possível que eles se tenham perdido no abismo; não importa — tiveram a coragem de entrar lá. A razão que me leva a dizer que é possível que se tenham perdido no abismo é o fato de que um que já atravessou não é suscetível de ser conhecido exceto quando a outra, e inteiramente nova, condição é atingida por ambos. É desnecessário que entremos agora no exame de qual é essa condição. Direi isto apenas — que o indivíduo no início do estado em que está entrando para o silêncio, perde conhecimento dos seus amigos, dos que o amam, de todos quantos lhe eram próximos e caros; e perde também de vista os seus Mestres e aqueles que o precederam nesse caminho. Explico isso porque não há quase nenhum que atravesse sem que amargamente se queixe. Pudesse o espírito de antemão ter bem presente que o silêncio tem de ser completo, e esse queixume escusava de surgir como um obstáculo no Caminho. O seu Mestre ou o seu predecessor bem poderá segurar a sua mão na dele, bem poderá dar-lhe quanta simpatia caiba no coração humano. Quando, porém, chegam o silêncio e a escuridão, você perde toda a noção dele; está só, e ele não pode auxiliá-lo, não porque o seu poder houvesse cessado, mas porque você evocou o seu grande inimigo.

Com "o seu grande inimigo" quero dizer você mesmo. Se tem o poder de encarar a sua própria alma na escuridão e no silêncio, terá dominado o ser físico e animal que reside na sensação apenas.

Receio que essa observação pareça complexa, quando, na verdade, é perfeitamente simples. O indivíduo, quando chegou à sua fruição, e a civilização está no seu auge, fica colocado entre dois fogos. Pudesse ele exigir a sua grande herança, e a vida meramente animal se desprenderia dele sem dificuldade. Mas tal não faz, e por isso as raças humanas florescem e depois murcham, e morrem, e, decaindo, desaparecem da face da terra, por rara que tenha sido a flor que deram. De modo que fica para o indivíduo o realizar esse grande esforço; recusar-se a ser amedrontado pela sua natureza superior, recusar-se a ser puxado para trás pelo seu ser inferior ou mais material. Cada indivíduo que assim faz é um redentor da espécie. Pode ele não proclamar os seus feitos, pode morar no segredo e no silêncio, mas a verdade é que forma um elo entre o humano e a sua parte divina; entre o conhecido e o desconhecido; entre o tumulto do mercado e a quietação dos Himalaias nevados. Ele não tem de andar por entre os homens para formar esse elo; no astral ele é esse elo, e esse fato o torna um ser diverso do resto da humanidade. Mesmo tão no princípio do caminho para o conhecimento, quando não deu ainda senão o segundo passo, sente que pisa mais firme, e adquire a consciência de que é uma parte reconhecida de um todo.

É esta uma das contradições da vida de tão frequente ocorrência que dão matéria para o romancista.

O Ocultista encontra-as muito mais acentuadas ao tentar viver a vida que escolheu. À medida que se retira para dentro de si e se torna só de si dependente, sente cada vez mais definidamente que se vai tornando parte de uma grande onda de pensamento e emoção definidos. Quando aprendeu a primeira lição, venceu a fome do coração, e se recusou a viver do amor dos outros, sente-se mais capaz de inspirar amor. À medida que deita fora a vida, ela lhe volta numa forma nova e com um novo sentido. O mundo sempre foi um lugar cheio de contradições para o ser humano; quando se torna um discípulo, ele vê que a vida se pode descrever como uma série de paradoxos. Isso é um fato na Natureza, e a razão dele bastante compreensível. A alma humana "mora à parte como uma estrela", mesmo a alma do mais vil de nós; ao passo que a sua consciência está sob o domínio da lei da vida vibratória e dos sentidos. Só isso basta para causar aquelas complicações de caráter que são material para o romancista; cada indivíduo é um mistério tanto para o amigo como para o inimigo, como mesmo para si próprio. Os seus motivos são muitas vezes impossíveis de descobrir, e nem ele pode descer em si até encontrá-los, ou saber por que agiu desta ou daquela maneira. O esforço do discípulo é o da consciência que acorda nessa parte estelar de si, onde o poder e a divindade jazem adormecidos. À medida que essa consciência vai despertando, as contradições que há no ser humano tornam-se mais acentuadas do que nunca; como também se tornam os paradoxos que ele tem de viver. Porque, é claro, o homem cria a sua própria vida; e "as aventuras são para os aventureiros" é um desses sábios prolóquios que nascem do conhecimento dos fatos, e abrangem toda a extensão da experiência humana.

A pressão sobre a parte divina do ser humano reage sobre a parte animal. À medida que a alma dormente acorda, torna a vida quotidiana do homem mais viva, mais verdadeira e responsável, mais existente para um fim. Para não abandonarmos os dois exemplos já mencionados: o Ocultista, que se retirou para dentro da sua cidadela, encontrou a sua força; imediatamente toma consciência das exigências do dever. Não obtém a sua força por direito seu, mas por ser uma parte do todo; e logo que ele se acha livre da vibração da vida e se pode conservar inabalado, o mundo exterior grita por ele, para que no mundo venha labutar. O mesmo se dá com o coração. Quando já não deseja receber, lhe é exigido que dê abundantemente. Ao *Luz sobre o caminho* se tem chamado um livro de paradoxos, e com muita justiça lhe foi dado esse nome; que outra coisa poderia ser, tratando, como trata, das próprias experiências pessoais do discípulo?

Ter adquirido os sentidos astrais da vista e do ouvido; ou, em outras palavras, ter atingido a percepção e aberto as portas da alma, são tarefas gigantescas, e podem envolver o sacrifício de muitas encarnações sucessivas. Quando, porém, a vontade chegou à sua pujança, todo o milagre se pode operar num segundo do tempo. Então não é o discípulo já um servo do tempo.

Estes dois primeiros passos são negativos; isto é, implicam simplesmente antes uma retirada de uma condição presente de coisas do que um avanço para uma outra condição. Os dois passos seguintes são ativos, pois implicam o avanço para um outro estado do ser.

III
ANTES QUE A VOZ POSSA FALAR NA PRESENÇA DOS MESTRES

A palavra é a faculdade de comunicar com os outros; o momento da entrada para a vida ativa é marcado pela sua obtenção.

E agora, antes que vá mais longe, deixe que explique um pouco o modo como estão ordenadas as regras transcritas em *Luz sobre o caminho*. As sete primeiras, das que estão numeradas, são subdivisões das duas primeiras regras sem número, aquelas de que me ocupei nas páginas precedentes. As regras numeradas representam simplesmente uma tentativa de tornar as sem número mais inteligíveis. Da oitava à décima quinta regra, todas elas pertencem à regra sem número que me serve agora de texto.

Como disse, estas regras são escritas para todos os discípulos, mas para mais ninguém; não têm interesse para quaisquer outras pessoas. Espero, por isso, que mais ninguém se dê ao trabalho de prosseguir na leitura destas notas. As duas primeiras regras incluem toda aquela parte do esforço que necessita o emprego do bisturi do cirurgião. Mas exige-se do discípulo que seja sem auxílio que se defronte com a cobra, o seu ser inferior; que suprima as suas paixões e emoções humanas pela força da sua própria vontade. Só pode pedir auxílio a um Mestre depois de conseguir isso, ou de, pelo menos, consegui-lo em parte. Se assim não for, estarão baças, cegas, escurecidas as janelas da sua alma, e o conhecimento não poderá chegar até ele. Não me proponho, nestas notas, ensinar a alguém como há de haver-se para com a sua própria alma, estou simplesmente dando conhecimentos ao discípulo. A circunstância de eu não estar escrevendo, mesmo agora, de modo que todos me compreendam, é devido ao fato de que a natureza superior o impede pela ação das suas próprias leis imutáveis.

As quatro regras que transcrevi para aqueles ocidentais que as desejem estudar estão, como já disse, escritas na antecâmara de toda a Fraternidade viva; acrescentarei ainda que estão escritas na antecâmara de toda a Fraternidade viva ou morta, ou de toda a Ordem ainda por formar-se. Quando falo de uma Fraternidade, ou de uma Ordem, não quero me referir a qualquer constituição arbitrária, obra de escolásticos e de intelectuais; refiro-me a um fato real da natureza superior, a um estágio de desenvolvimento para o absoluto Deus, ou o Bem absoluto.

Durante esse desenvolvimento o discípulo encontra a harmonia, o conhecimento puro, a pura verdade, em graus diferentes, e, à medida que entra nesses graus, encontra-se fazendo parte do que se pode, de certo modo, descrever como um estrato de consciência humana. Encontra os seus pares, indivíduos com o seu caráter impessoal, e a sua associação com eles se torna permanente e indissolúvel, porque se baseia numa semelhança vital da Natureza. A eles se liga e prende por votos dos que não precisam ser exprimidos ou enquadrados em palavras normais. É este um aspecto daquilo a que chamo uma Fraternidade.

Uma vez vencidas as primeiras regras, o discípulo encontra-se no limiar. Então, se a sua vontade for suficientemente decidida, vem o seu dom da palavra; um duplo dom. Porque, agora, à medida que avança, encontra-se entrando para um estado de desabrochamento, onde cada botão que abre projeta os seus vários raios ou pétalas. Se tem de exercer o seu novo dom, deve usá-lo com o seu duplo caráter. Encontra em si o poder de falar na presença dos Mestres; em outras palavras, tem o direito de exigir o contato com o mais divino elemento daquele estado de consciência para que entrou. Sente-se, porém, obrigado, pela natureza da sua posição, a agir de duas maneiras ao mesmo tempo. Não pode elevar a sua voz até as alturas onde estão os deuses, senão quando tiver penetrado naqueles lugares profundos onde a luz deles não chega nunca. Entrou para o abraço de uma lei de ferro. Se pede para ser um neófito, imediatamente se torna um servo. Mas o seu serviço é sublime, quanto mais não fosse pelo caráter daqueles que, como ele, lhes servem. Porque os Mestres são servos também; servem e exigem depois a sua recompensa. Parte do serviço deles é deixar que o que sabem toque nele, o primeiro ato do serviço dele é dar algum desse conhecimento àqueles que não estão ainda aptos a estar onde ele está. Não se trata de uma decisão arbitrária, instituída por qualquer Mestre ou Instrutor, ou por qualquer pessoa análoga, por divina que seja. É uma lei daquela vida para a qual o discípulo entrou.

Por isso se escrevia no portal interior de todas as Lojas da antiga Fraternidade Egípcia: "O trabalhador é digno do seu pagamento".

"Peça e terá" parece coisa por demais fácil e simples para que mereça crédito. Mas o discípulo não pode "pedir", no sentido místico que a palavra tem nesse passo das escrituras, senão quando obteve o poder de auxiliar os outros.

Por que é isso assim? Terá essa declaração um aspecto demasiado dogmático?

Será demasiado dogmático afirmar que um indivíduo tem de ter pisado o chão antes que possa saltar? A situação é a mesma. Se auxílio é prestado, se trabalho é feito, então existe um direito real — não aquilo a que chamamos um direito pessoal de receber pagamento, mas o direito de natureza comum. Os divinos dão: exigem que você dê também antes que possa ser da espécie deles.

Esta lei descobre-se logo que o discípulo tenta falar. Porque a palavra é um dom que só vem ao discípulo de poder e conhecimento. O espiritista entra para o mundo psicoastral, mas não encontra ali uma linguagem definida, a não ser que imediatamente a peça e o continue a fazer. Se interessa-se pelos "fenômenos" ou pelas meras circunstâncias e acidentes da vida astral, então já não entra para qualquer raio direto de pensamento ou de propósito; apenas vive e se diverte na vida astral como tem vivido e tem se divertido na vida física. Há, de certo, uma ou duas lições simples que o psicoastral lhe pode ensinar, assim como há lições simples que a vida material e intelectual lhe pode ensinar. E essas lições têm de ser aprendidas; o homem que se proponha entrar para a vida do discípulo, sem ter aprendido as lições primeiras e mais simples, terá de sofrer sempre por causa da sua ignorância. São lições vitais, e de uma maneira vital têm de ser estudadas; experimentadas completamente, e repetidas vezes, até que não haja parte do espírito que não tenha sido por elas penetrada.

Voltemos. Ao exigir o poder de falar, como se lhe chama, o Neófito ergue a voz até o Grande, que mais alto está no raio do conhecimento para que ele entrou, para que o guie. Quando assim faz, a sua voz, devolvida do poder a que se dirigiu, ecoa até aos mais fundos escaninhos da ignorância humana. De uma maneira confusa e indistinta, a notícia de que existe o conhecimento e um poder beneficente que ensina é levada a tantos quantos sejam capazes de a escutar. Nenhum discípulo pode passar o limiar sem comunicar essa notícia, sem a registrar de uma forma ou de outra.

Ele fica horrorizado pela maneira imperfeita e incompleta em que o fez; e então vem o desejo de o fazer bem, e com esse desejo de auxiliar os outros vem o poder de o fazer. Porque é um puro desejo que assim o toma; nenhum crédito, glória ou recompensa pessoal lhe pode advir da sua realização. E é por isso mesmo que ele obtém o poder de o realizar.

A história de todo o passado, até onde o podemos ver, mostra bem claramente que não há crédito, glória ou recompensa que se adquira com essa primeira tarefa dada ao Neófito. Sempre se escarneceu dos místicos, e se recusou crédito aos profetas; aqueles que, além disso, tiveram o poder da inteligência, deixaram escrita à posteridade a sua experiência, que a muitos parece visionária e sem sentido, mesmo quando os autores têm a vantagem de falar desde um passado remotíssimo. O discípulo que toma sobre si a tarefa, ocultamente esperando a fama ou o êxito aparecer perante o mundo como um mestre ou um apóstolo, falha mesmo antes de tentar a sua obra, e a sua oculta hipocrisia envenena-lhe a alma, e as almas daqueles a quem ensina. Secretamente está tendo o culto de si próprio, e essa prática idólatra tem de trazer as suas consequências.

    O discípulo que tem o poder de entrar, e força o bastante para passar cada barreira, terá, quando a mensagem divina lhe chegar à alma, o esquecimento completo de si próprio na nova consciência que cai sobre ele. Se esse alto contato deveras o pode despertar, torna-se como um dos Divinos no seu desejo de antes dar que receber, no seu desejo de antes auxiliar que receber auxílio, na sua resolução de antes dar de comer aos famintos que tirar, ele, maná dos Céus. A sua natureza está transformada, e o egoísmo, que na vida quotidiana provoca as ações dos homens, repentinamente o abandona.

IV
ANTES QUE A VOZ POSSA FALAR NA PRESENÇA DOS MESTRES, DEVE TER PERDIDO O PODER DE FERIR

Aqueles que dão ao assunto do Ocultismo apenas uma atenção passageira e superficial — e o nome deles é legião — perguntam constantemente por que é que, se os Adeptos em vida existem, não aparecem no mundo, mostrando o seu poder. Que o corpo principal desses Sábios exista, como se diz, para além da muralha dos Himalaias, parece ser prova bastante de que Eles não passam de figuras de palha. Se assim não é, por que colocá-los tão longe?

Infelizmente, foi a Natureza que assim quis, e não uma escolha ou arranjo individual. Há certas partes da terra onde o avanço da "civilização" não é sentido e onde a febre do nosso século não chega. Nesses lugares privilegiados há sempre tempo, há sempre ocasião para as realidades da vida; não os apinham as atividades de uma sociedade ébria de dinheiro e de prazer. Enquanto na terra houver Adeptos, deve a terra reservar-Lhes lugares onde vivam separados. É esse um fato da Natureza que não passa de uma expressão externa de uma grande verdade sobrenatural.

O pedido do Neófito não é escutado senão quando a voz em que é dito perdeu o poder de ferir. Isto é porque a vida astral divina é um lugar onde reina a ordem, exatamente como na vida natural. Há sempre, é claro, o centro e a circunferência, como na Natureza. Perto do coração central da vida, em qualquer plano, está o conhecimento; ali a ordem reina inteiramente; e o caos torna vaga e confusa a margem externa do círculo. De fato, a vida em todas as suas formas sempre mais ou menos se assemelha a uma escola filosófica. Há sempre os devotos do conhecimento, que esquecem sua própria vida a procurá-lo; há sempre a multidão tola que vem e passa. Destes, disse Epiteto que era tão fácil ensinar-lhes filosofia como o é comer calda com um garfo. O mesmo estado existe na vida supra-astral; e o Adepto tem ali uma solidão ainda mais verdadeira e profunda, onde habita. Esse retiro é tão seguro, tão separado, que não há som que envolva dissonância, que seja capaz de lhe chegar aos ouvidos. Para que será isto preciso — será perguntado imediatamente — se Ele é um ser de tão grandes poderes, quanto afirmam os que creem na Sua existência? A resposta é realmente muito simples. Ele serve à Humanidade e identifica-Se com todo o mundo; está pronto a todo momento a sacrificar-se por ele — *vivendo, não morrendo, para ele.*

Por que não morrerá Ele pelo mundo? Porque é uma parte do grande todo, e uma das partes mais valiosas. Porque vive sob leis de ordem que não deseja violar. A Sua vida não lhe pertence, mas às forças que por trás Dele trabalham. Ele é a flor da Humanidade, a flor que contém a Semente Divina. Ele é, na Sua pessoa, um tesouro da Natureza universal, guardado e posto a seguro para que a sua fruição seja perfeita. Só em certos períodos da história do mundo Lhe é permitido que surja entre o rebanho humano como seu Redentor. Mas para aqueles que têm o poder de se separar desse rebanho, Ele está sempre perto. E para aqueles que têm força bastante para desviar os vícios da natureza humana pessoal, conforme nestas quatro regras se expõe, Ele está conscientemente perto, fácil de reconhecer, pronto a dar resposta.

Mas este domínio de si próprio implica uma destruição de qualidades que a maioria dos seres humanos tem não só por indestrutíveis, como também por desejáveis. O "poder de ferir" inclui muita coisa que os humanos prezam, não só em si, como também nos outros. O instinto da defesa e da conservação pessoal é parte disso; a ideia de que alguém tem algum direito ou direitos, como cidadão, como pessoa ou como indivíduo; a agradável consciência da dignidade e da virtude. Estas palavras são duras para muita gente, mas são verdadeiras. Porque essas palavras, que ora estou escrevendo, e aquelas que sobre este assunto escrevi, não são de modo algum minhas. Derivam das tradições da Loja da Grande Fraternidade, que em tempos foi o esplendor secreto do Egito. As regras escritas na sua antecâmara eram as mesmas que ora estão escritas na antecâmara das escolas que hoje existem. Em todos os tempos os sábios viveram separados da multidão. E mesmo quando qualquer propósito ou fim temporário induz algum deles a vir para o meio da vida humana, a Sua solidão e segurança continuam sendo completamente garantidas. São parte da Sua herança, parte da Sua posição. Ele tem um direito real a elas, e não pode abdicar desse direito, exatamente como o duque de Westminster não pode dizer que não quer ser o duque de Westminster. Nas várias grandes cidades do mundo um Adepto vive uns tempos de vez em quando, ou talvez apenas as atravesse; mas todas elas de vez em quando recebem o auxílio do poder real e da presença real de um desses indivíduos.

Aqui em Londres, como em Paris e em São Petersburgo, há cidadãos altamente desenvolvidos. Mas apenas Os conhecem como místicos aqueles que têm o poder de os reconhecer; o poder dado pelo domínio de si próprio. Se assim não fosse, como poderiam eles existir, ainda que uma hora apenas, no gênero de atmosfera mental e psíquica criada pela confusão e pela desordem de uma cidade? A não ser que estivessem protegidos e seguros, o Seu desenvolvimento seria perturbado e prejudicada a Sua obra. E o Neófito pode encontrar um Adepto em carne e osso, viver na mesma casa que Ele, e contudo não poder conhecê-lo, não poder fazer-Lhe ouvir a sua voz. Porque não há proximidade no espaço, não há estreiteza de relações, ou intimidade quotidiana, que possa suspender as leis invioláveis que dão a um Adepto a Sua solidão. Nenhuma voz chega ao Seu ouvido interior senão quando se tornou uma voz divina, uma voz que não dá expressão aos gritos do ser pessoal. Qualquer apelo menor seria inútil, seria um dispêndio tão estéril de energia, como o seria o de ser ensinado a crianças o alfabeto por um professor de filologia. Enquanto um homem não se torna, em coração e alma, um discípulo, ele não existe para aqueles que são Instrutores de discípulos. E só por um método ele se torna um discípulo — pelo abandono da sua humanidade pessoal.

Para que a voz tenha perdido o poder de ferir, deve um indivíduo ter chegado àquele ponto onde se veja apenas como um elemento das vastas multidões que vivem; um dos grãos de areia lançados de um lado para outro pelo mar da existência vibratória. Diz-se que cada grão de areia no fundo do oceano, por sua vez, trazido à superfície e lançado à praia, vive um momento à luz do sol. Assim acontece aos seres humanos; de um lado para outro são levados por uma grande força, e cada um, por sua vez, recebe o brilho do sol. Quando alguém pode olhar a sua vida como sendo assim parte de um todo, não mais lutará para conseguir qualquer coisa para si. É isso o abandono dos direitos pessoais. O indivíduo comum não espera ter uma sorte igual ao resto do mundo, mas, em alguns pontos que o interessam, ficar melhor do que os outros. O discípulo tal não espera. Por isso, ainda que seja, como Epiteto, um escravo amarrado pelas mãos, nada tem de dizer a esse respeito. Ele sabe que a roda da vida gira incessantemente. Burne-Jones o mostrou, no seu maravilhoso quadro[2]; gira a roda, e a ela estão atados ricos e pobres, grandes e pequenos; cada qual tem o seu momento de boa sorte quando a roda o traz para o alto; o rei sobe e cai, o poeta brilha e é esquecido, o escravo é feliz e abandonado depois. Cada um, por sua vez, é esmagado à medida que a roda gira. O discípulo sabe que isso é assim, e, ainda que seja o seu dever fazer o mais que pode com a vida que é sua, ele nem se queixa dela nem com ela se rejubila, nem lhe arranca um só queixume a melhor sorte dos outros. Todos, por igual, — ele bem o sabe—, estão apenas aprendendo uma lição; e ele sorri do socialista e do reformador,

---

[2] *The Wheel of Fortune* [A roda da fortuna], pintura a óleo sobre tela do artista britânico pré-rafaelita Edward Burne-Jones. A tela foi exibida em Londres em 1883. A principal versão da obra faz parte da coleção do Musée d'Orsay, em Paris. Fonte: www.musee-orsay.fr. (N. E.)

que tentam à viva força reordenar circunstâncias que nascem das forças da própria natureza humana. Isso não passa de uma revolta estéril, um dispêndio inútil de vida e de energia.

Ao compreender isso, um homem abandona os seus direitos individuais imaginários, de qualquer espécie que sejam. Isso elimina um espinho doloroso comum a todos os indivíduos normais.

Quando o discípulo plenamente se compenetrou que a própria ideia de direitos individuais não é senão o efeito da qualidade venenosa que em si tem, que é o sibilar da serpente da personalidade, que com o seu dente envenena a sua vida e as vidas dos que o cercam, então está pronto a tomar parte numa cerimônia anual que é patente a todos os Neófitos que para ela estejam preparados. Todas as armas, defensivas como ofensivas, se abandonam; todas as armas da mente e do coração, do cérebro e do espírito. Nunca mais um outro indivíduo pode ser para ele uma pessoa que se pode criticar ou condenar; nunca mais pode o Neófito tornar a erguer a sua voz em defesa própria ou própria desculpa. Daquela cerimônia ele regressa ao mundo tão indefeso, tão desprotegido como uma criança recém-nascida. É isso, na verdade, o que ele é. Começa a nascer outra vez ao plano superior da vida, naquele planalto arejado e luminoso de onde os olhos veem com inteligência e contemplam o mundo com uma nova compreensão.

Disse, há pouco, que, depois de se desfazer do sentimento dos direitos individuais, deve o discípulo também desfazer-se do instinto da dignidade e da virtude. Essa doutrina pode parecer terrível; todos os ocultistas, porém, sabem perfeitamente que não é uma doutrina, mas um fato. Aquele que se julga mais santo do que outro, o que de algum modo se orgulha de ser isento de vício ou de leviandade, o que se crê sábio ou prudente, ou de qualquer maneira superior aos seus semelhantes, não está apto a ser um discípulo. Uma pessoa tem de tornar-se como uma criança para poder entrar para o reino dos céus.

A virtude e a sabedoria são coisas sublimes; se, porém, provocam o orgulho e a consciência de se ser um ser à parte do resto da humanidade, então são apenas as serpentes do ser pessoal que ressurgem sob uma forma menos grosseira. De um momento para o outro podem retomar a forma mais grosseira e ferir tão ferozmente como quando inspiravam as ações do assassino que mata por dinheiro ou por ódio, ou do político que sacrifica o povo aos interesses próprios ou aos do seu partido.

De fato, ter perdido o poder de ferir indica que a serpente foi não só atordoada, porém morta. Quando está apenas atordoada ou adormecida, novamente acorda, e o discípulo usa o seu conhecimento e o seu poder para os seus fins pessoais, e é aluno dos muitos mestres da magia negra, porque o caminho para a destruição é muito largo e fácil, e pode ser encontrado mesmo de olhos vendados. Que é o caminho para a destruição é evidente, porque, quando um indivíduo começa a viver para si próprio, torna cada vez mais estreito o seu horizonte, até que o miserável movimento para dentro não lhe deixa espaço para viver maior do que a cabeça de um alfinete. Todos nós temos assistido a este fenômeno na vida normal. Um indivíduo que se torna egoísta isola-se, torna-se menos interessante e agradável aos outros. O espetáculo é hediondo, e toda a gente acaba por se afastar do egoísta como de uma fera. Quão mais hediondo não é, pois, quando acontece num plano mais avançado da vida, com os poderes do conhecimento a mais, e através do âmbito maior de encarnações sucessivas!

Por isso digo: pare e considere bem no limiar. Porque se o pedido do Neófito é feito sem a purificação total, não penetrará na solidão do Adepto Divino, antes evocará as forças terríveis que atendem o lado sombrio da nossa humana natureza.

V
ANTES QUE A ALMA POSSA ESTAR DE PÉ NA PRESENÇA DOS MESTRES, OS SEUS PÉS DEVEM SER BANHADOS NO SANGUE DO CORAÇÃO

A palavra "alma", como aqui se emprega, quer dizer a Alma Divina ou "Espírito estelar".

"Poder estar de pé é ter confiança"; e ter confiança quer dizer que o discípulo está seguro de si, que abandonou as suas emoções, a sua personalidade, a sua própria humanidade; que é insuscetível ao medo e insensível à dor; que toda a sua consciência está centralizada na Vida Divina, que é expressa simbolicamente pelo termo, "os Mestres"; que não tem olhos, nem ouvidos, nem voz, nem poder, senão em e para o Raio Divino no qual o seu mais alto sentido tocou. Então é ele destemido, isento de dor, liberto da ansiedade ou do desalento; a sua alma está, sem receio ou desejo de adiamento, no pleno fulgor da Luz Divina que inteiramente penetra o seu ser. Então recebe a sua herança e pode pedir que se reconheça o seu parentesco com os Instrutores dos seres humanos;

ele está de pé, firme, de cabeça erguida, e respira o mesmo ar que Eles respiram.

Mas antes que, de qualquer maneira, lhe seja possível fazer isso, os pés da alma devem ser banhados no sangue do coração.

O sacrifício, ou rendição do coração do indivíduo e das suas emoções, é a primeira dessas regras; envolve "a obtenção de um equilíbrio que nenhuma emoção pessoal pode abalar". Isso faz o filósofo estoico; ele, também se põe à parte, olhando com igual equanimidade para os seus sofrimentos como para os dos outros.

Do mesmo modo que "lágrimas" na linguagem dos Ocultistas exprime a alma da emoção, e não a sua aparência material, assim o "sangue" exprime, não aquele sangue que é um essencial da vida física, mas o princípio vital criador na natureza do ser humano, que o arrasta para o meio da vida humana, para ter experiência da dor e do prazer, da alegria e da tristeza. Quando deixou correr o sangue do coração, ergue-se diante dos Mestres como puro Espírito, que já não deseja encarnar para obter emoções e experiências. Através de grandes ciclos de tempo pode acontecer que sucessivas encarnações tenham ainda que ser o seu destino; mas ele já não as deseja, o rudimentar desejo de viver já está morto nele. Quando assume a forma humana, em carne e osso, o faz seguindo um fim divino, para executar a obra dos "Mestres", e para nenhum outro fim. Não procura a dor nem o prazer, nenhum céu pede e nenhum inferno teme; entrou porém na posse de uma grande herança, que não é tanto uma compensação por essas coisas que abandonou, como um estado que absolutamente apaga a memória delas. Ele já não vive no mundo, mas com o mundo; o seu horizonte ampliou-se até abranger o âmbito do universo inteiro.

O karma

Considere comigo que a existência individual é uma corda que se estende do infinito ao infinito e que não tem fim nem princípio, nem é suscetível de ser quebrada. Essa corda é composta de inúmeros pequenos fios, os quais, juntos e apertados, constituem a sua grossura. Esses fios são incolores, são perfeitos nas suas qualidades de serem retos, fortes e paralelos. A corda, passando, como passa, por todos os lugares, sofre estranhos acidentes. Muitas vezes um fio é preso e preso fica, ou é talvez apenas violentamente desviado do seu paralelismo com os outros. Então durante muito tempo se desordena, e desordena o conjunto. Por vezes, um deles se suja ou se colora, e acontece não só que a mancha se alastra para além do ponto onde caiu, mas também que descora outros fios. E lembre que os fios são vivos, que são como arames elétricos; mais, que são como nervos que vibram. Quão longe, portanto, se não comunica a mancha, o desvio acontecido! Mas tempo vem em que os longos cordões, os fios vivos, que na sua continuidade ininterrupta formam o indivíduo, passam da sombra para a luz. Então os fios já não são incolores, porém dourados; tornam a ficar unidos e paralelos. Torna a estabelecer-se entre eles a harmonia; e dessa harmonia interna a harmonia maior se conclui.

Este exemplo apresenta apenas uma pequena parte, um lado só, da verdade: é menos que um fragmento. Considere-o, porém; com o seu auxílio será levado a compreender mais ainda. O que é preciso compreender antes de mais nada é que o futuro não é arbitrariamente formado por quaisquer atos separados do presente, mas que todo o futuro existe em continuidade ininterrupta com o presente, como o presente com o passado. Em um plano, de um ponto de vista, o exemplo da corda é verdadeiro.

Diz-se que um pouco de atenção dada ao ocultismo produz grandes resultados cármicos. Isso é porque é impossível dar alguma atenção ao ocultismo sem efetuar uma escolha definida entre o que vulgarmente se denomina o bem e o mal. O primeiro passo no ocultismo conduz o estudioso até a árvore da ciência. Ele tem de colher a fruta e comê-la; tem de escolher. Já não é capaz da indecisão da ignorância. Prossegue pelo bom ou pelo mau caminho. E dar um só passo que seja de forma definida e consciente em qualquer dos caminhos produz grandes resultados cármicos. A maioria dos homens segue hesitantemente, incertos quanto à meta que procuram; a sua norma de vida é indefinida; por isso o seu Karma opera de uma maneira confusa. Mas uma vez atingido o limiar do conhecimento, a confusão começa a diminuir, e por isso os resultados cármicos aumentam enormemente, porque todos estão agindo na mesma direção em planos diferentes: porque o Ocultista não pode ser alguém de meia vontade, nem pode voltar atrás uma vez que ultrapasse o limiar. Essas coisas são tão impossíveis como ele tornar a ser a criança que foi. A individualidade aproximou-se do estado da responsabilidade em virtude da sua evolução; já não pode retroceder.

Aquele que deseja escapar aos laços do Karma deve erguer a sua individualidade da sombra até a luz; deve de tal modo elevar a sua existência, que esses fios não toquem em substâncias que manchem, que não se prendam de sorte que se desviem. Ele se ergue, simplesmente, para fora da região onde o Karma opera. Não deixa, por tal fazer, a existência que está experimentando. Pode ser rude e suja, ou cheia de flores belas cujo pólen manche, e de substâncias doces que se peguem e prendam — por cima, porém, está sempre o céu livre e aberto. O que deseja ser sem Karma deve buscar no ar o seu domicílio; e depois dali, buscá-lo no éter. O que desejar formar bom Karma encontrará muitas confusões, e, no esforço de semear boas sementes para a sua colheita, pode bem plantar mil ervas daninhas e entre elas a erva gigante. Não deseje semear para uma colheita sua: deseje apenas semear aquela semente cujo fruto alimentará o mundo. Você é parte do mundo; ao dar-lhe de comer, a si o dá. Nesse próprio pensamento, porém, se esconde um grande perigo que surge e confronta o discípulo que há muito julga que trabalha pelo bem, enquanto no âmago da sua alma apenas viu o mal; isto é, julgou ter sempre tido na intenção o bem do mundo, quando, todo o tempo, inconscientemente abraçou o pensamento do Karma, e o grande benefício que busca é para si próprio. Um indivíduo pode forçar-se a não pensar na recompensa. Mas nesse próprio esforço se vê que a recompensa é desejada. E é inútil o discípulo tentar aprender pelo processo de se dominar. A alma deve estar livre, os desejos libertos. Mas enquanto não estiverem fixos apenas naquele estado onde não há recompensa nem castigo, bem nem mal, é em vão que ele se esforça. Poderá parecer fazer grandes progressos, mas um dia virá em que ele ficará frente a frente com a sua alma, e reconhecerá então que, quando chegou à arvore da ciência, escolheu o fruto amargo, e não o doce; o véu, então, cairá inteiramente, e ele abandonará a liberdade, tornando-se um escravo do desejo. Meditem bem, pois, todos vocês que principiaram a voltar-se para a vida do ocultismo. Aprendam agora que não há cura para o desejo, que não há cura para o amor à recompensa, que não há cura para a mágoa da ânsia, salvo no fixar da visão e do ouvido naquilo que é invisível e sem som. Principie, agora mesmo, a praticá-lo, e assim afastará mil serpentes do seu caminho. Viva no eterno.

A operação das leis reais do Karma não é para ser estudada senão quando o discípulo chegar ao ponto em que elas já não o afetam. O iniciado tem direito a pedir que lhe sejam ensinados os segredos da Natureza e as leis que regem a vida humana. Obtém esse direito por ter escapado dos limites da Natureza e se ter libertado das regras que governam a vida humana. Tornou-se uma parte reconhecida do elemento divino, e já não é afetado pelo que é temporário. Então obtém conhecimento das leis que governam as condições temporárias. Por isso, você, que deseja compreender as leis do Karma, tente primeiro libertar-se dessas leis; e só o poderá conseguir fixando a sua atenção naquilo que essas leis não afetam.

Posfácio

Annie Besant e Charles Leadbeater, dois importantes estudiosos da teosofia, realizaram no início do século XX uma série de palestras sobre as principais obras da literatura teosófica. Em 1926, a Theosophical Publishing House reuniu em três volumes os registros dessas palestras no livro *Talks on the Path of Occultism* [Conversas no caminho do ocultismo]. O texto a seguir, contido no terceiro volume da referida obra, traz uma introdução à *Luz sobre o caminho*.

***

Luz sobre o caminho é um dos vários tratados de ocultismo que estão sob os cuidados dos grandes mestres e são usados na instrução dos discípulos. É uma parte do *Livro dos preceitos áureos*, que contém muitos tratados escritos em diferentes épocas, e que têm uma característica em comum: contêm verdades ocultas e, portanto, devem ser estudados de uma maneira diferente dos livros em geral. A compreensão desses tratados depende da capacidade do leitor e, quando qualquer um deles é publicado, apenas visões distorcidas de seus ensinamentos serão adquiridas, se forem interpretados literalmente.

Inquestionavelmente destinado a acelerar a evolução daqueles que estão no Caminho, este livro apresenta ideais que as pessoas raramente estão preparadas para aceitar. Somente à medida que um indivíduo tiver capacidade e disposição para viver o ensinamento, ele será capaz de compreendê-lo. Se não o praticar, permanecerá um livro selado para ele. Qualquer esforço para vivê-lo lançará luz sobre ele, mas se o leitor não fizer nenhum esforço, não apenas ganhará muito pouco, como também se voltará contra o livro e dirá que é inútil.

Este tratado tem naturalmente certas divisões. Foi transmitido ao mundo ocidental pelo mestre Hilarion[3], um dos grandes Mestres pertencentes à Fraternidade

---

3 Na tradição esotérica e na teosofia, os Sete Raios são representações simbólicas das diferentes qualidades e aspectos da energia espiritual e criativa que permeiam o Universo. Cada raio possui um *Chohan*, que é um mestre espiritual ou uma figura de destaque associada àquele raio específico. O mestre Hilarion é associado ao quinto raio, o raio da cura. Ele é conhecido como o mestre da cura e da verdade, incentivando o crescimento espiritual através da busca da verdade interior e da cura em todos os níveis. (N. T.)

Branca[4] – que desempenhou um papel importante nos movimentos gnóstico e neoplatônico, sendo uma das pessoas que tentaram manter o cristianismo vivo. Suas encarnações ocorreram mais na Grécia e em Roma, e ele tem um interesse especial em guiar a evolução do Ocidente. Ele obteve o livro tal como o temos, sem as notas do mestre Veneziano[5], um dos maiores mestres que H. P. B. denominou de *Chohans*.

Quinze das regras curtas que se encontram na primeira parte deste livro e quinze na segunda parte são extremamente antigas e foram escritas no sânscrito mais arcaico. A essas frases curtas, usadas como base para a instrução do discípulo, o *Chohan* acrescentou outras, que agora fazem parte do livro e devem sempre ser lidas em conjunto, para fornecer ideias complementares sem as quais o leitor poderia se perder. Todas as regras em ambas as partes do livro, exceto os trinta aforismos curtos, foram escritas pelo *Chohan*, que as entregou ao mestre Hilarion. A tabela a seguir mostra as quinze regras curtas da Primeira Parte como existiam no manuscrito extre-

---

4 De acordo com a teosofia, a Fraternidade Branca é uma comunidade de mestres da sabedoria, seres espirituais que alcançaram a iluminação e a transcendência da roda do nascimento e morte. Esses mestres são considerados seres sábios e compassivos, dedicados ao serviço desinteressado à humanidade. (N. T.)

5 O mestre Paulo Veneziano é associado ao terceiro raio, dedicado aos atributos do amor divino, adaptabilidade, inteligência criativa, beleza, comunhão e compaixão. (N. T.)

mamente remoto; o número no início de cada uma das regras corresponde ao original, mas o número no final é o que aparece no livro moderno.

I	Extermine a ambição.	1
II	Extermine o desejo de viver.	2
III	Extermine o desejo de conforto.	3
IV	Extermine todo o sentimento de separação.	5
V	Extermine o desejo da sensação.	6
VI	Extermine a fome de crescer.	7
VII	Deseja apenas o que está dentro de você.	9
VIII	Deseje apenas o que está além de você.	10
IX	Deseje apenas o que é inatingível.	11
X	Deseje o poder ardentemente.	13
XI	Deseje a paz fervorosamente.	14
XII	Deseje bens acima de tudo.	15
XIII	Procure bem o caminho.	17
XIV	Procure o caminho retirando-se para dentro.	18
XV	Procure o caminho avançando ousadamente para fora.	19

Pode-se observar na tabela acima (que se refere apenas à Primeira Parte do livro) que as regras 4, 8, 12, 16, 20 e 21 estão ausentes da lista. Isso porque elas não pertencem à parte mais antiga da obra. Essas regras e os comentários preliminares e conclusivos são a porção acrescentada pelo Grande Ser, que a deu ao mestre Hilarion. Além disso, há notas, que foram escritas pelo próprio mestre Hilarion. O livro originalmente publicado em 1885 continha estas três partes: os aforismos do manuscrito antigo, as adições do *Chohan* e as notas do mestre Hilarion. Tudo isso foi transcrito por Mabel Collins, que atuou como instrumento físico, como a pena que o escreveu. O próprio Mestre foi o tradutor do livro e o imprimiu em seu cérebro. Era dele a mão que segurava a caneta. Posteriormente, apareceram na revista *Lúcifer* sob o título de "Comentários"[6] alguns artigos que foram escritos por Mabel Collins[7] sob a influência do Mestre, e que são extremamente valiosos, vale a pena ler e estudar.

Agora, retomando o livro propriamente dito, encontramos primeiro a seguinte declaração: Estas regras são escritas para todos os discípulos: escute-as bem.

Uma distinção é feita aqui entre o mundo e os discípulos, este não é um livro destinado ao mundo em geral. A palavra "discípulo" deve ser considerada em dois sentidos – o não iniciado e o iniciado. Ao ler o livro cuidadosamente, podemos traçar as duas linhas

---

6 Estes comentários são encontrados nesta edição nas páginas 33 a 82. (N. T.)
7 Mabel Collins (1851-1927) foi uma escritora e teosofista britânica. Autora de mais de 46 livros, entre eles títulos populares de ocultismo, tais como a presente obra. Ativista dos direitos dos animais, ela era contra qualquer tipo de experimentação envolvendo animais vivos. (N. T.)

distintas de ensinamento revestidas com as mesmas palavras, cada frase contém um duplo significado, um destinado ao mais avançado e o outro ao menos. Vamos tentar localizá-los quando chegarmos às declarações preliminares. A Segunda Parte do tratado parece ser inteiramente destinada ao discípulo iniciado, mas essa dualidade perpassa a Primeira Parte.

Muitos dos que ainda não se aproximaram do discipulado interpretam mal essas regras e muitas vezes as criticam por defenderem um ideal rígido e carente de compaixão. Este é normalmente o caso quando se apresenta um ideal que é alto demais para o leitor. Nenhuma pessoa é ajudada por um ideal, por mais nobre que seja em si mesmo, que para ela não seja atraente, uma lição prática na comunicação com os seres humanos é que devemos apresentar-lhes apenas os ideais que podem atraí-los. Com todos os livros desse tipo, o que um leitor tira deles é o que ele traz para eles; seu entendimento depende de seu próprio poder para responder aos pensamentos que os livros contêm. Mesmo as coisas materiais só existem para nós se tivermos desenvolvido os órgãos que podem responder a elas; portanto, atualmente existem centenas de vibrações atuando sobre nós às quais somos incapazes de dar atenção. William

Crookes[8] uma vez ilustrou isso muito bem quando estava tentando mostrar quão restrito era o nosso conhecimento de eletricidade e quão vasto, portanto, era a possibilidade de progresso na ciência elétrica. Ele disse que faria uma enorme diferença para nós, e, de fato, revolucionaria nossas ideias, se tivéssemos órgãos respondendo a vibrações elétricas em vez de olhos sensíveis a vibrações luminosas. No ar seco não podemos estar conscientes de nada, pois ele não conduz eletricidade. Uma casa de vidro seria opaca, mas uma casa comum seria transparente. Um fio de prata pareceria um buraco ou túnel no ar. O que sabemos do mundo, portanto, depende de nossa resposta às suas vibrações. Da mesma forma, se não podemos responder a uma verdade, não é verdade para nós. Assim, quando lidamos com livros escritos por ocultistas, só podemos captar seus pensamentos na proporção de nosso próprio avanço espiritual. Qualquer parte de seu pensamento que seja muito sutil ou muito elevado simplesmente passa por nós como se não existisse.

Muito mais pode ser obtido deste livro pela meditação do que pela mera leitura; seu maior valor é oferecer direção à nossa meditação. Escolha uma única

---

8 William Crookes (1832-1919) foi um cientista britânico que fez contribuições significativas em várias áreas da ciência, incluindo a física, a química e a investigação dos fenômenos relacionados ao espiritualismo. (N. T.)

frase e medite sobre ela, interrompa o trabalho da mente inferior e desperte a consciência interior que entra em contato direto com o pensamento. Pode-se assim afastar-se das imagens da mente concreta para uma percepção direta da verdade. A meditação, portanto, permite ao cérebro obter uma grande quantidade de conhecimento direto da verdade que o ego adquiriu em seus próprios mundos. Ainda assim, um indivíduo que medita, mas também não lê ou ouve um professor, embora tenha certeza de progredir no plano espiritual, o fará apenas lentamente. Se tivesse a vantagem adicional de ler ou ouvir, avançaria muito mais rápido. A palestra ou estudo pode sintonizar o cérebro do aluno para que ele obtenha mais conhecimento através da meditação. Mas para alguém que apenas ouve ou lê, e não medita, quase nenhum avanço é possível, e o progresso é extremamente lento. Ambos devem ser combinados, muita meditação e um pouco de escuta ou leitura levarão uma pessoa muito longe.

Annie Besant

***

A folha de rosto da primeira edição de *Luz sobre o caminho*, publicada em 1885, traz o subtítulo: "Um tratado escrito para o uso pessoal daqueles que desconhecem a Sabedoria Oriental e desejam estar sob a sua influência". Mas o próprio livro começa com a afirmação de que essas regras foram escritas para todos os discípulos. A última descrição é certamente a mais precisa, como a história do livro mostrará.

A versão atual foi ditada pelo mestre Hilarion a Mabel Collins, uma senhora conhecida nos círculos teosóficos, que em certa época colaborou com Madame Blavatsky na redação da revista *Lúcifer*[9]. O mestre Hilarion, por sua vez, o recebeu de Seu próprio Mestre, o Grande Ser, que entre os estudantes teosóficos por vezes é chamado de Veneziano. Mas mesmo Ele foi o autor de apenas uma parte do livro que passou por três fases, de acordo com a ordem a seguir.

É apenas um pequeno livro até agora, mas a primeira forma em que o vimos era menor ainda. É um manuscrito em folha de palmeira, muito antigo; tão remoto que mesmo antes da Era Cristã sua data e o nome de seu autor já haviam sido esquecidos, e sua origem considerada perdida nas brumas da antiguidade pré-histórica. Consiste em dez folhas, e em cada folha estão escritas apenas três linhas, uma vez que em um manuscrito em folha de palmeira as

---

9 *Lucifer* foi uma publicação mensal criada por Helena Blavatsky em 1887 como parte da Sociedade Teosófica. A revista desempenhou um papel importante na disseminação dos ensinamentos teosóficos e na promoção do diálogo e discussão sobre temas espirituais e ocultistas. (N. T.)

linhas correm ao longo da página, não através dela como nossos livros. Cada linha contém em si mesma um curto aforismo, e a língua em que são escritas é uma forma arcaica do sânscrito.

O mestre Veneziano traduziu esses aforismos do sânscrito para o grego, a fim de serem usados por seus alunos alexandrinos, entre os quais estava o mestre Hilarion, em sua encarnação como Jâmblico[10]. Ele não apenas traduziu os aforismos, mas acrescentou a eles certas explicações, que devem acompanhar o original. Por exemplo, se olharmos para os três primeiros aforismos, veremos que o parágrafo marcado como 4, que os segue, pretende claramente ser um comentário sobre eles; então devemos lê-lo assim: "Extermine a ambição; mas trabalhe como trabalham os ambiciosos. Extermine o desejo de viver; mas respeite a vida como fazem os que a desejam. Extermine o desejo de conforto; mas seja feliz como aqueles que vivem para a felicidade".

Da mesma forma, as regras 5, 6 e 7 formam um grupo, seguidas pela 8, que é um comentário do *Chohan* – e assim por diante, até o final do livro. Esses grupos de três não são colocados de tal modo por mera coincidência, mas intencionalmente. Se

---

[10] Jâmblico (245-325 d.C.) foi um filósofo neoplatônico assírio que determinou os rumos da filosofia neoplatônica tardia e talvez do próprio paganismo ocidental. É conhecido por seu compêndio de filosofia pitagórica. (N. T.)

os examinarmos, descobriremos que há um certo vínculo entre os três em cada caso. Por exemplo, as três regras agrupadas anteriormente apontam para a pureza de coração e a firmeza de espírito. Pode-se dizer que elas indicam o que o indivíduo deve fazer consigo mesmo, qual é o seu dever para consigo mesmo no que se refere à preparação para o trabalho.

O segundo conjunto de três aforismos (números 5 a 8) afirma que devemos eliminar todo senso de separação, desejo de sensação e fome de crescimento. Eles indicam o dever do indivíduo para com aqueles que o cercam socialmente. Ele deve perceber que é um com os outros. Deve estar disposto a desistir de prazeres egoístas e isolados. Deve exterminar o desejo de crescimento pessoal e trabalhar para o crescimento do todo.

No próximo conjunto de três (números 9 a 12), somos informados sobre o que desejamos – o que está dentro de nós, o que está além de nós e o que é inatingível. Estes são claramente os deveres de um ser humano para com seu Eu Superior. Seguem-se os aforismos (13 a 16) sobre o desejo de poder, paz e posse. Esses são todos os desejos que nos capacitam para o trabalho do Caminho. O próximo grupo de regras (17 a 20) diz ao aspirante como buscar o caminho.

As regras agora numeradas como 4, 8, 12, etc., são explicações e ampliações do mestre Veneziano. Elas, juntamente com os aforismos originais, formaram o livro tal como foi publicado pela primeira vez em 1885, pois o mestre Hilarion o traduziu do grego para o inglês e o apresentou nessa forma. Quase imediatamente após sua impressão, acrescentou ao livro uma série de anotações valiosas de sua autoria. Na primeira edição, essas anotações foram impressas em páginas separadas, cujo verso foi colado para que pudessem ser anexadas no início e no final do pequeno livro que acabara de ser impresso. Em edições posteriores, essas anotações foram inseridas em seus devidos lugares.

O pequeno e belo ensaio sobre o *Karma* que aparece no final do livro também vem pelas mãos do mestre Veneziano e foi incluído no livro desde a primeira edição.

O manuscrito em sânscrito arcaico, base de *Luz sobre o caminho*, também foi traduzido para o egípcio; e muitas das explicações do mestre Veneziano soam mais como ensinamentos egípcios do que indianos. Portanto, o estudante que conseguir penetrar até certo ponto no espírito daquela antiga civilização, verá que isso o ajudará muito a entender este livro. As condições que nos cercavam no antigo Egito eram radicalmente diferentes das atuais. É quase impossível fazer com que as pessoas as entendam agora; no entanto, se pudéssemos voltar à atitude mental daqueles tempos antigos, perceberíamos muitas coisas que hoje, infelizmente, nos escapam. Temos o hábito de pensar demais no intelecto do nosso tempo e gostamos de nos gabar do avanço que fizemos em relação às civilizações antigas. Sem dúvida, há certos pontos em que avançamos além delas, mas há outras questões em que não estamos, de forma alguma, no mesmo nível. No entanto, a comparação talvez seja um pouco injusta, pois nossa civilização ainda é muito jovem. Se voltarmos trezentos anos na história da Europa e, especialmente, na história da Inglaterra, encontraremos um estado de coisas que parece muito incivilizado, de fato. Quando comparamos esses trezentos anos, incluindo os cento e cinquenta anos de desenvolvimento científico que desempenharam um papel tão importante em nossa história civilizada, com os quatro mil anos durante os quais a civilização egípcia floresceu praticamente inalterada, vemos de imediato que nossa civilização é muito jovem. Qualquer civilização que tenha durado quatro mil anos teve a oportunidade de tentar todos os tipos de experimentos e obter resultados ainda não obtidos por nós, portanto, não é justo em nosso início nos comparar com qualquer uma das grandes civilizações em seu apogeu.

Nossa quinta sub-raça não atingiu de forma alguma seu ponto mais alto ou sua maior glória, e esse ponto quando alcançado será um avanço definitivo sobre todas as outras civilizações, especialmente em certos aspectos. Essa raça terá características próprias, e algumas delas podem nos parecer menos agradáveis que as das civilizações anteriores, mas no todo será um avanço, porque as raças sucessivas são como a maré quando as ondas estão chegando. Avançam e recuam, e a próxima avança um pouco mais longe. Todas elas têm sua ascensão, seu clímax e seu declínio. Entre nós, a maré ainda está subindo, de modo que ainda não temos a ordem estabelecida em certos aspectos que havia em algumas das civilizações mais antigas. Estamos, infelizmente, longe ainda da realização do altruísmo – do sentimento de que a comunidade como um todo é o principal a ser considerado e não o indivíduo. Isso foi alcançado em algumas das civilizações mais antigas em uma extensão que nos faria parecer agora uma espécie de utopia, mas, por outro lado, estamos adquirindo poderes que esses povos mais antigos não possuíam. Houve um curto período no início da história de Roma em que "ninguém era a favor do partido e todos eram a favor do Estado"[11], como disse Macaulay. Pitágoras, falando ao povo em Taormina, disse-

---

[11] Publicado em 1842, o poema épico "Horácio", de Thomas B. Macaulay, conta a história do herói romano Horácio Cocles e sua defesa da Ponte Sublício durante a luta entre Roma e Clúsio, no século VI a.C. Os versos citados estão na *estrofe* XXXII do poema: "Então, ninguém era a favor do partido / e todos eram a favor do Estado. / Então o grande homem ajudou os pobres, / e o pobre amou o grande: / então as terras foram divididas de forma justa; / em seguida, os despojos foram vendidos de forma justa: / os romanos eram como irmãos / nos bravos dias de outrora." (N. T.)

-lhes que o Estado era mais do que pai e mãe, mais até do que esposa e filho, e que todo indivíduo deveria estar sempre pronto para renunciar a seus próprios pensamentos, sentimentos e desejos em prol da unidade – pela *res publica*, a origem de "república", o bem comum ou o bem-estar do todo, para o qual cada um deveria estar disposto a sacrificar seus interesses pessoais. Na Inglaterra, também, nos dias da rainha Elizabeth, houve um período de verdadeiro sentimento e atividade patriótica.

Não quero dizer que no antigo Egito ou na Grécia antiga, ou em qualquer outro lugar, todos os indivíduos fossem altruístas. De forma alguma, mas todas as pessoas instruídas tinham uma visão mais ampla e comunitária da vida do que nós. Pensavam mais no Estado e menos no seu bem-estar e progresso pessoal. Também atingiremos isso e, quando o fizermos, será mais plenamente do que qualquer uma das raças antigas, além de alcançarmos um desenvolvimento não logrado por elas.

Se, então, pudéssemos voltar àquela antiga perspectiva egípcia, compreenderíamos muito melhor *Luz sobre o Caminho*. Em seu estudo, o estudante fará bem em tentar produzir essa atitude em si mesmo, de modo que possa ajudá-lo a se colocar no lugar daqueles que o estudaram no passado.

É fácil para alguns de nós que passamos pelo treinamento que nos permite lembrar de nossas vidas passadas. Lembro-me de minha última encarnação na Grécia, onde participei dos mistérios Eleusinos, e de outra vida muito anterior, na qual os grandes mistérios do Egito, dos quais ainda existem alguns remanescentes na maçonaria, tiveram grande importância, e isso me permite tirar mais proveito de livros como este do que eu conseguiria sem essa memória. Até mesmo as impressões do passado, oferecendo uma sensação do ambiente, são de grande ajuda. Egípcia ou indiana, não há joia mais preciosa em nossa literatura teosófica – nenhum livro que retribua melhor o estudo mais cuidadoso e detalhado.

Como já explicado, *Luz sobre o Caminho* foi o primeiro de três tratados que ocupam uma posição única em nossa literatura teosófica, pois dão orientações daqueles que trilharam o Caminho para aqueles que desejam percorrê-lo. Lembro-me de que o falecido Swami T. Subba Row[12] uma vez nos disse que seus preceitos tinham várias camadas de significado – que eles poderiam ser tomados repetidas vezes como direções para diferentes estágios.

---

[12] Swami T. Subba Row (1856-1890) foi um proeminente estudioso e líder espiritual indiano associado à Sociedade Teosófica. Ele é reconhecido por suas contribuições para a teosofia e seu profundo conhecimento das escrituras sagradas indianas, especialmente dos textos védicos e dos Upanishads. Era conhecido por sua capacidade de combinar a sabedoria oriental com a compreensão ocidental e sintetizá-las em uma abordagem coesa. (N. T.)

Primeiro, eles são úteis para os aspirantes – aqueles que estão trilhando o caminho experimental. Então eles começam tudo de novo em um nível superior para aquele que entrou no Caminho propriamente dito através do portal da primeira das grandes Iniciações. E novamente, quando o Adeptado foi alcançado, é dito que mais uma vez, num sentido ainda mais elevado, esses mesmos preceitos podem ser tomados como instruções para aquele que avança para realizações ainda mais elevadas. Dessa forma, para o indivíduo que pode compreendê-lo em todo o seu significado místico, este manual nos leva mais longe do que qualquer outro. Esses livros, sem dúvida escritos para acelerar a evolução daqueles que estão no Caminho, apresentam ideais que as pessoas comuns geralmente não estão preparadas para aceitar. Mesmo entre os estudantes pode haver alguns que se perguntam sobre a forma como o ensino é dado. A única maneira de entendê-lo é considerá-lo um dado adquirido e tentar vivê-lo. Em *Aos pés do mestre*[13] é afirmado que não basta dizer que

---

13 *Aos pés do mestre* é uma obra espiritual escrita por Alcyone, pseudônimo utilizado por Jiddu Krishnamurti, renomado filósofo e líder espiritual indiano. Publicado originalmente em 1910, o livro é considerado uma introdução concisa aos princípios espirituais fundamentais. Apresentando uma série de lições e ensinamentos inspiradores, o livro é destinado a orientar os aspirantes em seu caminho de autotransformação e desenvolvimento espiritual. (N. T.)

é poético e belo; quem deseja ter sucesso deve fazer exatamente o que o mestre diz, prestando atenção a cada palavra e recebendo cada conselho. Isso é igualmente verdadeiro para este livro. A pessoa que não tenta viver de acordo com o ensinamento constantemente se deparará com pontos nele que a perturbarão – com os quais ela se verá totalmente em desacordo; mas se tentar vivê-lo, o sentido em que deve ser entendido acabará surgindo para a pessoa. Qualquer esforço honesto para realmente viver o ensinamento sempre lançará luz sobre o leitor, e essa é a única maneira pela qual essa pérola inestimável pode ser apreciada.

Em tais livros há muito mais significado do que as próprias palavras transmitem. Portanto, em grande medida, cada leitor obtém dos livros o que ele traz para eles – o leitor traz o poder de assimilar uma certa parte de sua mensagem e obtém apenas essa parte. Apenas ler esses livros, mesmo estudá-los, não é suficiente; é necessário meditar sobre eles também. Se alguém pegar as passagens que parecem um pouco difíceis – as declarações enigmáticas, místicas e paradoxais – e pensar e meditar sobre elas, obterá muito mais da leitura, embora em geral dificilmente consiga expressá-lo.

Tento expressar o que me ocorre em relação a esses diferentes pontos, o que significaram para mim, mas o tempo todo tenho consciência de que não estou transmitindo totalmente o que quero dizer. Sei que muitas vezes não consigo expressar toda a ideia que está em minha mente; quando coloco em palavras, soa bastante comum e, no entanto, posso ver por mim mesmo uma vasta quantidade de significado superior. Vejo isso talvez com meu corpo mental. A mesma coisa é verdade em cada nível. Além do que podemos realizar com o corpo mental, há ainda mais que pode ser realizado apenas com o corpo causal e por meio da intuição. O que quer que expressemos, sempre haverá algo mais profundo ainda brotando e florescendo dentro de nós. Que o indivíduo é apenas uma expressão do Eterno, e que nada que esteja fora do Eterno pode nos ajudar, é verdade – verdade sobre a qual os três autores deste livro constantemente insistem.

Charles Leadbeater

© 1911 The Theosophical Publishing House.
© 2024 Ajna Editora Ltda.

Título original: *Light on the Path*
Da obra traduzida para o português por
Fernando Pessoa com o título *Luz sobre o caminho*,
publicada pela Livraria Clássica Editora de
A. M. Teixeira, em 1916, Lisboa.

*Grafia conforme o novo Acordo Ortográfico
da Língua Portuguesa.*

EDITORES Lilian Dionysia e Giovani das Graças
TRADUÇÃO Fernando Pessoa
TRADUÇÃO DO POSFÁCIO Lilian Dionysia
ADAPTAÇÃO PARA O PORTUGUÊS DO BRASIL Lucimara Leal
REVISÃO Heloisa Spaulonsi Dionysia
PROJETO GRÁFICO E CAPA Tereza Bettinardi

Dados Internacionais de Catalogação na Publicação (CIP)
(Câmara Brasileira do Livro, SP, Brasil)

Collins, Mabel, 1851-1927
Luz sobre o caminho / Mabel Collins ; tradução Fernando
Pessoa. — 1. ed. — São Paulo, SP : Ajna Editora, 2024.

Título original: Light on the Path
ISBN 978-65-89732-27-3

1. Espiritualidade 2. Sabedoria 3. Teosofia
I. Pessoa, Fernando. II. Título.

24-192472   CDD - 299.934

Índices para catálogo sistemático:
1. Teosofia 299.934

2024
Todos os direitos desta edição
reservados à AJNA EDITORA LTDA.
ajnaeditora.com.br

Primeira edição [2024]

Esta obra foi composta
em Chiswick Text e impressa
pela Ipsis para a Ajna Editora.

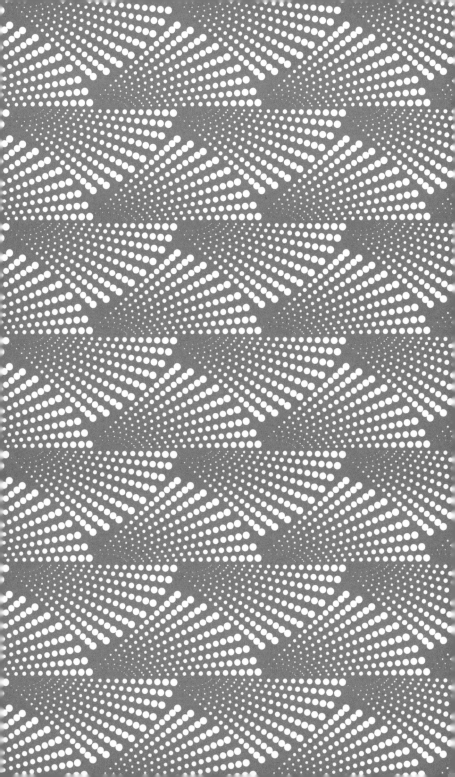